MIKO

<u>LE FAUCON</u>

Remerciements

À Francine, pour son appuie
À Carine, pour ses conseils
À Marie-Hélène, pour sa compréhension et
m'avoir laisser du temps
À Grand-Papa, pour l'avoir vécu...

PROLOGUE

Le deuxième jour de septembre 1945, l'Allemagne Nazie capitule devant les forces alliées. L'armée rouge de Joseph Staline a écrasé la ville de Berlin. C'est la fin de la deuxième Guerre mondiale. Il s'agit du conflit militaire le plus meurtrier de l'histoire contemporaine de l'humanité. On nous enseigne à l'école qu'il s'agit d'une grande victoire pour le monde libre. Cependant, on oublie souvent de mentionner que pour un peuple, il s'agit du début d'une soumission intellectuelle, religieuse et parfois même physique.

Envahis par l'armée Allemande dirigée par Adolphe Hitler et soumis au joug du fascisme Nazi depuis 1939, les Polonais croyaient bien être délivrés de tout ça en cette fin d'été de 1945. Il en fut cependant tout autrement. D'abord allié aux forces armées de Staline pour combattre le 3e Reich, le peuple de Pologne s'est retrouvé forcé de vivre sous un régime totalitaire communiste après la victoire des soviétiques.

Étant un peuple historiquement libre, les Polonais n'ont pas accepté ce nouveau dogme qui leur fut imposé. Malheureusement, un peuple sans armée et oublié du reste du monde n'a que peu d'outils pour combattre afin de récupérer sa liberté. C'est ainsi que des groupes de résistants, composés majoritairement de jeunes hommes polonais, ont combattu le communisme et ses dirigeants en catimini, n'ayant pour seule arme que leur courage.

Cependant, une partie de ces jeunes a perdu espoir face à l'inertie des dirigeants et ils ont quitté massivement leur pays, à la recherche de ce que tous désirent au plus haut point: la liberté. Mon grand-père a fait partie de ces combattants de l'ombre qui ont fui leur Pologne natale pour un monde meilleur. Comme de nombreux compatriotes, il a traversé d'innombrables épreuves pour atteindre cette quête. Et comme une partie de ceux-ci, il est venu s'établir au Canada, plus précisément en Abitibi-Témiscamingue.

L'histoire qui suit s'inspire d'un épisode marquant et incroyable de la vie de mon grand-père. C'est ce qui a forgé sa personnalité ainsi que celle de toute notre famille.

« Pour savoir où l'on va, faut savoir par où
on est allé... »

                    - Jonathan Painchaud

I. STUTTGART

Les étoiles commencent à disparaître. L'obscurité noire du ciel se transforme graduellement en marine sous l'éveil du soleil. Mes paupières sont lourdes et tentent de combattre le sommeil depuis déjà plusieurs minutes. Si j'étais allongé dans mon lit, ça ne m'aurait pris que quelques comptes de moutons pour partir dans les bras de Morphée. Je fais les cent pas autour de la station de radio pour garder l'œil ouvert le plus longtemps possible. Habituellement quand le soleil est de retour, ses rayons me revigorent et me permettent de finir mon « shift » de nuit.

Même si la diffusion radiophonique n'est plus en opération, l'immeuble qui l'abrite est toujours fonctionnel et l'armée Américaine doit s'assurer qu'elle demeure apte à servir, le cas échéant. Il faut dire qu'il y a toujours une poche de résistance nazie qui peut faire remonter les effluves de l'holocauste à tout moment. De plus, nous ne sommes pas à l'abri des soviétiques qui transgressent les termes de l'accord et s'aventurent vers l'Ouest à l'aide de leurs espions. Ce n'est pas rare que des fusillades ont lieu envers des établissements étatiques, surtout dues à l'instabilité politique actuelle. Adenauer[1] ne fait pas l'unanimité avec sa vision d'une « démocratie du chancelier ». L'Allemagne entière est sur une corde raide.

Appuyée sur mon épaule, ma Springfield « 30-06 » me semble peser une tonne. Je la change de bras, tout en prenant une bouffée d'air frais, gracieuseté du lac Pfaffensee situé non loin d'ici. Du haut du mont Birkenkopf, la vue sur la ville de Stuttgart est à

____

[1]Konrad Adenauer, chancelier Allemand de 1949 à 1963

couper le souffle. J'admire les quelques lumières lointaines défilant dans la noirceur, telles des lanternes chinoises.

À chaque jour que le Seigneur m'offre ce spectacle, je le considère comme une récompense. Il faut dire que ce n'est pas vraiment ce à quoi je m'attendais en m'enrôlant dans l'armée américaine. On a tôt fait de me muter dans la « Polish Guard Company » étant donné mon origine. Le fait de patrouiller seul durant toute la nuit n'est pas toujours des plus exaltant. Cependant, ça fait partie de l'entrainement pour ce qui s'en vient.

Je refais le même trajet, nuit après nuit comme l'indiquent les ordres. Je connais la position de chaque caillou, la silhouette de chaque arbuste, le cri de chaque animal qui comme moi, vit de nuit depuis quelques mois. Je pourrais faire le trajet avec un bandeau sur les yeux, et mes bottes m'y guideraient sans assistance.

Une branche d'hêtre se trouve tout-à-coup au sol en travers de mon chemin. Elle n'y était pas lors de mon dernier passage, il y a moins d'une demi-heure. Au même moment, je perçois un bruissement en provenance du boisé un peu plus bas. Mon regard s'oriente immédiatement dans cette direction. Je passe alors de l'état comateux à celui de chasseur en une fraction de seconde. Malgré un début d'aurore, je ne parviens pas à percer la pénombre avec mon regard. Pour ajouter à cela, ma lampe-torche est dans la station. Je cesse alors de respirer afin d'entendre le moindre son. Seul le bruit de mon coeur qui bat la chamade dû à l'afflux d'adrénaline dans mon corps, résonne dans mes tympans. Je balaie les buissons et les arbres des yeux à vive allure. Il n'y a plus aucun son. Plus aucun mouvement.

 Un craquement derrière moi me fait sursauter. Je me retourne immédiatement. Une ombre humanoïde qui se dessine dans l'obscurité s'immobilise sur-le-champ. J'ai peine à distinguer ses contours et encore moins son visage. Mon regard est tout de suite attiré par un éclat porté à sa main. L'objet est pointé en ma direction d'un geste vif. Mon regard est rivé sur l'acier qui brille sous la lueur de la lune et je ne peux m'en détacher. Mes muscles se crispent. Au même moment, l'ombre bondit en ma direction tel un fauve à l'assaut d'une proie. La distance nous séparant, est éliminée en une fraction de seconde, soit le temps que mes pupilles se dilatent. D'un geste désespéré, je tente d'agripper le bras de l'agresseur. Ma main droite empoigne quelque chose. Je sens alors une intense brûlure se créer dans ma paume. Cette douleur est assez intense pour me distraire, l'instant que l'assaillant me frappe sur le nez de sa main libre. Des larmes noient alors mes yeux plissés par la douleur. Au même moment, je sens un bras entouré ma gorge. J'ai à peine le temps d'y faufiler les doigts de ma main droite, que l'étau se resserre sur ma trachée. Les forces de mon corps se divisent entre le désir de libérer de l'espace pour que l'oxygène pénètre dans mes poumons et agripper ma carabine pour ne pas que mon agresseur s'en empare.

J'entends très bien les grognements de l'étrangleur qui résonnent derrière mon crâne. Le tout se mêle à l'odeur métallique de mon sang nasal emplissant ma gorge qui est déjà contractée sous la force de la pression ennemie. Ça fait plusieurs secondes, qui me semblent une éternité, que nos forces s'affrontent. Pendant tout ce temps, je n'ai pas pu inspirer. Mes globes oculaires se cachent peu à peu sous mes paupières. Mes muscles perdent de la tension sous les mouvements de « brassage » de mon assaillant.

Crispant les muscles de mon cou, je parviens à inspirer une bouffée d'air. C'est assez pour nourrir une ultime poussée d'énergie. D'un mouvement brusque vers le bas, je fais glisser ma main ensanglantée vers le bas, la dégageant ainsi de l'emprise de la poigne adverse. Mon bras poursuit sa trajectoire en un coup de coude terminant sa course dans l'abdomen de mon ennemi. C'est assez pour qu'il relâche légèrement mon cou. Ça me donne l'espace suffisant pour faire valser ma tête vers l'arrière. Mon occiput heurte ainsi de plein fouet le nez de mon belligérant.

D'un coup de bassin vers l'arrière, je me dégage ensuite de son emprise. J'agrippe alors mon arme à l'aide de mon bras gauche et fait balancer celle-ci sur mon épaule avec la courroie. Le balancement fait en sorte que la crosse atteint violemment l'entre-jambe de l'homme. Il pousse un cri sourd et s'affaisse de tout son long sur moi. Le poids de son corps sur mon dos fait en sorte que nous tombons tous les deux à la renverse.

Au même moment que mon corps s'affaisse de tout son long sur le gravier, l'objet à l'éclat métallique virevolte à quelques pieds de ma main. J'étire mon bras droit au maximum mais je ne peux l'atteindre. Mes doigts s'agrippent aux cailloux afin que je puisse ramper en direction de celui-ci. Cependant, le poids de mon ennemi qui est beaucoup plus massif que moi, m'empêche de me déplacer. C'est plutôt les petites roches qui filent sous ma main. J'essaie de le repousser en gigotant, mais ça ne fonctionne pas.

Je n'avance pas d'un centimètre et je perds mon souffle qui est toujours court. La méthode du ver de terre ne fonctionne pas. Utilisant celle de la crevette, je pousse le corps inerte de l'agresseur vers le ciel avec mes hanches. Je relâche ensuite l'effort brusquement et j'utilise le poids de la retombée de celui-ci sur ma hanche gauche pour sortir ma droite de sous lui. Je réussis. La moitié de mon corps est dégagée.

Je suis toujours sur le dos, exténué. La sueur qui coule comme un torrent sur mon front inonde mes yeux. Son acidité brouille ma vision. Ma gorge et mes poumons brûlent de douleur par manque d'oxygène. L'homme semble soudainement moins lourd. Je lève la tête pour apercevoir mon antagoniste qui étire le bras en direction du canon de ma carabine étalée sur les gravats. D'un geste brusque j'agrippe l'armature du pontet mais le sang souillant ma main m'empêche de la tenir fermement. L'homme ayant atteint le bout du canon, tire alors l'arme vers lui. Mes doigts glissent rapidement sur le bois de la crosse en direction de son pied. Elle quitte ma main lorsque mon auriculaire droit reste accroché dans la goupille de métal rattachant la courroie à l'arme. Je tente de ramener celle-ci vers moi, imitant mon adversaire. J'entends un craquement en provenance de ma main droite. Celui-ci est sur le point de se détacher de ma main. Constatant que je n'ai aucune chance en utilisant la force brute face à cet énergumène, je relâche mes muscles. L'effort de l'autre est si efficace qu'elle tire mon torse, me redressant à quatre-vingt-dix degrés. Aussi vite qu'il n'en faut pour le dire, je balance mon bras gauche vers la détente sur laquelle mon index n'a aucune difficulté à appuyer.

Une détonation transperce le silence de la nuit défonçant du même coup mes tympans. Une flamme illumine les cieux et aveugle mes yeux. La force du coup de feu me projette au sol vers l'arrière où ma tête s'écrase

Mes omoplates sont clouées contre la terre, comme tout mon corps d'ailleurs. J'ai un soubresaut juste suffisant pour régurgiter. Ma tête tombe ensuite à la renverse et ma conscience me quitte.

***

De la lumière transperce mes paupières. Je n'ai pas assez d'énergie pour les ouvrir. Je suis incapable de bouger. De mes yeux entre-ouverts, je perçois le soleil au travers

de mes cils. Quelle heure est-il? Où suis-je?
Je n'entends qu'un silement persistant dans
mes oreilles. Aucun bruit ne veut sortir de
ma bouche.

Une ombre me coupe de la luminosité so-
laire. Elle quitte rapidement. Elle repasse
quelques secondes plus tard. Je distingue
une forme ailée flottant dans l'atmosphère.
L'ombre semble foncer vers moi. La lumière disparait d'un seul coup comme si
on avait fermé l'interrupteur. Suis-je sauvé
ou est-ce la fin?

i. LE CAMP (Obóz)

Le vent se fraie un chemin entre les interstices de mon visage. Il me chatouille de sa tiédeur et me réconforte. Il me donne la petite poussée dans le dos dont j'ai besoin pour entamer ma route. Ce n'est pas que j'en ai vraiment besoin, mais mes jambes ne sont plus ce qu'elles étaient jadis. J'avance tranquillement, à l'affut. J'écoute le bruit des feuilles qui dansent au gré de la brise. Elles se balancent gracieusement de gauche à droite dans leurs robes tirant du jaune à l'oranger. Les rayons du soleil font office de néon dans cette piste de danse aérienne. Ceux-ci transpercent le haut des feuillus en créant des faisceaux lumineux perçant l'ombrage forestier et se faufilent jusqu'au sol déjà jonché d'une couche de foliation. Il y a déjà une abondance de feuilles mortes pour ce temps de l'année.

J'essaie de garder le pas silencieux, mais les bruissements me trahissent. Les cris des écureuils sont les premiers à me rappeler que je suis un intrus dans cette forêt boréale abitibienne.

Le sentier est dissimulé par quelques fougères et branchages laissés pour morts par leurs congénères au courant de l'été. Peu m'importe, je connais le tracé par coeur. Je l'ai parcouru des milliers de fois depuis ma première venue il y a maintenant près de 70 ans. À partir de la plage boueuse, j'ai exactement vingt-deux minutes de marche à faire.

Je contourne tout d'abord une série de rochers coiffés de lichen. J'ai le caillou plus dégarni qu'eux, c'est ironique. Le tracé du sentier a été tellement piétiné au cours des années que le sol y est exempt de vie sur une dizaine de pouces de largeur, telle la terre battue d'un court de tennis après un match entre McEnroe et Lendl. Des trembles quasi-centenaires délimitent la trajectoire à suivre. De leur immensité, ils protègent les sous-bois avec leur grosse coiffe située à plus de cinquante pieds de hauteur. Les trembles sont de plus en plus rares dans ce coin de pays puisque les résineux ont repris le pouvoir du secteur suite aux coupes forestières.

Mes pas me conduisent ensuite au ravin. J'y ai souvent éprouvé des difficultés en trois roues. La pente y est si escarpée. De plus, tous les essais pour y construire des ponceaux étaient inévitablement anéantis par mère nature. À mon grand désarroi, mes réflexes ne me permettent plus d'enfourcher mon « Big red[2] ». C'est peut-être mieux ainsi.

Une branche de bouleau me sert de tripode et facilite mon ascension jusqu'en haut de l'autre paroi. J'ai le souffle court et j'entends les battements de mon coeur dans mes oreilles. Le soleil est à son zénith et pourtant je vois des étoiles. Je prends une petite pause, m'assoyant sur une vieille bûche ornée d'un chapelet de champignons. J'y reprends mon souffle, j'inspire, j'expire. Je relaxe. Je prends conscience de ce qui m'entoure.

L'odeur de l'automne est si bonne. Ça sent la terre humide mélangée aux effluves de feuilles mortes sur un fond de noisettes et d'écorces. C'est comme lorsqu'on croise le parfum connu d'une ancienne amoureuse.

---

[2] Modèle de V.T.T. à trois roues développé par le constructeur Honda au début des années 1980

En un éclair, les tendres moments remontent de l'au-delà et reprennent vie, comme si on y était.

J'aime la valse des saisons avec tous les changements que cela apporte, mais j'ai un penchant pour la saison des citrouilles et de l'Halloween. En quatre-vingt-neuf années, j'ai eu le temps de vivre chacune d'elles et j'ai pu faire mon choix. C'est l'automne qui est ma préférée. Il faut dire que le fait que je sois un grand amateur de chasse rend mon jugement partial.

J'ai connu la chasse à l'Orignal en arrivant au Canada en 1951 et depuis ce temps, j'en ai fait une tradition. Peu de temps après mon immigration, je suis devenu membre du Club de chasse et pêche de la région. J'en ai même été son président durant quelques années. J'imagine que mes grands talents de « câlleur de buck » ont surement aidé ma nomination.

La chasse, c'est le moment de l'année où je peux passer du temps avec mes fils et mes petits-fils. Nous nous retrouvons au camp lors de la longue fin de semaine de l'Action de grâce pour notre rituel. Serge, le cadet, apporte les denrées. Il y en a pour une armée. Il n'oublie jamais la saucisse de « kielbasa » et le « bigos ». Il s'agit de deux mets originaires de ma Pologne natale, desquels je ne peux me passer. Durant l'expédition, on en profite pour échanger sur nos vies respectives. Je dois avouer que je ne suis pas très « Facebook ». C'est donc le seul vrai moment de l'année où j'apprends des potins qui ne proviennent pas de ma femme, de mes filles ou de mes brus.

Je poursuis ensuite mon chemin d'un pas assuré. Je passe sur les berges du « Crique à Paul», que j'ai affectueusement baptisée ainsi en l'honneur de mon fils aîné qui y a tué son premier orignal lors d'une partie de chasse en 1978. Le chant du ruissellement des eaux s'y déversant sonne dans mes oreilles, telle une comptine. J'y aperçois deux martes pratiquant leur programme de nage synchronisée avec allégresse. Le ruisseau a débordé de son lit de quelques pieds. C'est surement un castor qui a érigé un barrage plus bas sur le cours d'eau, y créant ainsi un bassin de rétention pour y installer sa petite famille.

Je garde le rythme en m'aidant de mon bâton de marche. Malgré ses 50 livres, je ne sens pratiquement pas mon sac à dos. Je suis excité d'arriver au camp, comme si ça faisait une éternité que je n'y étais pas allé. Cette fébrilité coïncide avec la période de chasse au roi de la forêt qui débute dans moins de dix jours. J'en profite pour venir faire un petit tour de reconnaissance avant

le début de l'aventure. Je vais aller vérifier
les traces fraîches, les « grattés », les
« couches » et le secteur de « ravage ».

Je n'ai pas dit à mes gars que je me rendais
au camp aujourd'hui car ceux-ci désap-
prouvent cette pratique, qui selon eux,
souille le secteur avant la chasse. Pour ma
part je n'y crois pas un instant. On n'apprend pas à chasser en regardant des vi-
déos sur les « internets » ou à la TV. C'est
sur le terrain, dans le bois que ça se passe.
Ma récolte de plus de cinquante bêtes au
cours de ma carrière de chasseur le prouve
bien.

Je me laisse guider par mes pas, songeant à
toutes ces aventures de chasse que j'ai vé-
cues en ces lieux. Le bruissement du vent
dans les feuilles crée un bruit de fond
constant qui me calme. Malgré les cre-
vasses, cailloux, racines, branches et ca-

hots qui jonchent le sol, je me déplace linéairement comme si un nuage me portait vers ma destination. Tout-à-coup, une série de « bangs » sourds retentissent dans mes oreilles. Je recule d'un pas. Je baisse mon centre de gravité. J'élève mon bâton à la hauteur de mes yeux, en le tenant de mes deux mains en direction de la menace. Je suis prêt à parer une attaque et répliquer s'il le faut. Ma vision se rétrécie en un étroit corridor se dirigeant ver l'origine du bruit suspect. Ma respiration s'accélère drastiquement. Je suis prêt. Un bruissement dans les feuilles mortes tapissant le sol m'indique que le suspect se trouve entre deux bouleaux blancs à environ vingt pieds devant moi. Il bouge. Je m'approche furtivement, en m'assurant de poser la pointe de mes orteils, la plante de mon pied et ensuite mon talon. Je descends tranquillement l'extrémité de mon arme en direction de l'assaillant. Je sens que j'y suis presque rendu. Je saute alors d'un bond à droite, me dégageant ainsi de l'entrave des deux arbres blancs. Je m'apprête à m'élancer, bras armé dans les airs, au-dessus de la tête. C'est là que j'observe le coupable: une gélinotte huppée. Son torse orné de plumage est gonflé à bloc. Elle est prête pour une séance de séduction. À ma vue, son cou se raidit et ses yeux vides m'observent d'un regard curieux. Sa tête penche sur le côté, d'un air dubitatif. Bon, on repassera pour l'ennemi. J'ai bien failli perdre mon sang froid pour une perdrix. Il faut le faire.

Je poursuis alors mon chemin m'approchant de mon but. Le son du vent change subtilement. En plus de celui des feuilles, j'entends maintenant le bruissement des herbes longues et des quenouilles qui habillent la « dam » de castors située en face du camp de chasse. Je contourne le peuplier qui s'est écrasé sur un pin blanc l'année passée. Son inclinaison crée une arche invitant les passants à traverser dans un autre monde. J'y pénètre et je le vois enfin.

Les rayons du soleil de fin d'après-midi projettent un éclairage orangé sur le recouvrement extérieur composé uniquement de planches de bois. De bonne dimension, il a l'arrière assis sur un cap de roche. Le devant est projeté vers le cours d'eau situé en face. Une quinzaine de pieds plus loin, des pilotis permettent au plancher de demeurer au niveau. Une galerie borde l'entièreté de la façade donnant sur le petit lac. Cette façade est constituée presque entièrement de fenêtres afin de ne rien manquer de ce qui se passe. La toiture est recouverte de feuilles, de telle sorte qu'on ne voit pas les bardeaux d'asphalte noirs qui la recouvrent normalement. Les rideaux bruns et jaunes qui habillent les fenêtres y sont fermés empêchant la vue intérieure aux fouineurs.

La bâtisse est récente. Mes garçons l'ont construite il y a cinq printemps. Ce fut un beau cadeau de fête. Jusqu'à ce moment, j'avais la même cabane depuis une cinquantaine d'années. Ils ne m'en avaient pas parlé et je ne m'étais rendu compte de rien. Par un bel après-midi d'avril, nous nous étions rendus au camp pour une partie de tire sur la neige. Toute la famille était réunie. C'était lors de la fin de semaine Pascale. C'est une tradition familiale de se réunir pour fêter la résurrection du Christ après la messe dominicale lors de cette période de l'année. En m'y rendant à bord de ma motoneige, j'avais remarqué qu'il y avait beaucoup de traces fraîches dans le sentier. Je ne m'étais alors pas posé trop de questions, imaginant que ça pouvait être des « bucheux » de bois de chauffage qui avaient emprunté le chemin pour faire leurs réserves de bouleaux. En apercevant l'imposante structure de bois qui se dressait devant moi, je suis demeuré bouchebée. Je n'ai pas pleuré, mais mes lèvres se sont mises à trembler et un trémolo a envahi ma voix. Mes gars avaient pris soin de conserver les petits souvenirs que j'avais accumulés dans l'ancien « shack » au cours des décennies. Bien entendu, le gros panache de soixante-deux pouces appartenant au « buck » que j'ai tué en 1992 et qui m'a permis de remporter le premier prix du Club de panache, trône toujours au-dessus de la porte principale.

Je prie le Seigneur d'avoir une famille si soudée. Pratiquement tout le monde demeure dans la région et on ne manque pas une occasion de se réunir, que ce soit pour un anniversaire ou simplement pour une bonne bouffe.

Il ne me reste qu'une cinquantaine de pas avant d'ouvrir la porte, verrouillée par un clou. J'imagine déjà l'odeur de renfermée qui va régner à l'intérieur quand je vais y entrer. C'est une odeur sécurisante pour moi, comme lorsque l'on met nos vieilles pantoufles trouées. Je vais ouvrir les rideaux afin d'y faire pénétrer le soleil. Je vais ensuite me rendre au foyer pour y allumer une attisée. Ça va chasser l'humidité ambiante.

Arrivant sur le seuil, une masse grise sur le sol face à la porte d'entrée me fait arrêter abruptement. Mes yeux s'écarquillent. Mon souffle se coupe. Le sang semble se retirer de mes membres. On dirait que la température vient de chuter de vingt degrés en une seule seconde. Mes pupilles se dilatent. J'observe la chose avec effroi. Il s'agit d'un gros oiseau. Il est couché sur le dos, inerte. Ses ailes de chaque côté de son corps, repliées vers le bas. Sa tête est tournée vers la gauche, en direction de l'Ouest, de telle sorte que je ne peux voir qu'un seul de ses yeux, qui est clos. Son bec gris et ivoire est aussi fermé. Aucun membre ne bouge. Seules les fines plumes argentées de sa poitrine frémissent au gré du vent. Ses pattes, plus foncées, sont droites et disposées chacune dans une direction opposée, les serres noires légèrement repliées. Le rapace doit bien mesurer une trentaine de pouces du bec aux griffes. Il n'y a pas de doute dans mon esprit que le plumage aux multiples teintes grisâtres et la corpulence de l'oiseau correspondent en tout point à un faucon. Pas n'importe lequel des falconidés, mais bien le plus grand et le plus élégant de tous, le faucon Gerfaut.

Il y a des lustres que je n'ai pas observé un tel spécimen en vrai. La dernière fois, c'était lorsque j'ai quitté la Pologne après la chute de l'empire Nazi. Son image ne m'est cependant pas étrangère puisqu'il trône au sommet de l'armoirie familiale depuis 1460. Pour les Dabrowski, le symbole Jastrzebiec Szlachta[3], est sacré. Cela revêt un peu moins d'importance pour mes descendants, mais pour les rescapés d'Europe de l'Est, ce l'est. Je me souviens que mon père possédait une plaque de bois sur laquelle se trouvait une gravure métallique à l'effigie de notre armoirie. Il l'avait enterré sous la maison dans le vide sanitaire pour ne pas que les Allemands ne s'en emparent. Je l'ai d'ailleurs en ma possession. Mon frère Radolaw me l'a confié lors de son unique visite au Canada il y a dix ans. Je la croyais disparue. Mon benjamin l'avait récupéré lors de la mort de notre père et l'avait précieusement conservée.

---

[3] Noblesse du faucon

J'avance d'un pas. Je m'accroupis. Je me risque à toucher le prédateur déchu. Son corps est flasque. Sa température est ambiante. Il ne semble présenter aucune blessure vu l'absence de sang ou de déformation. On dirait même qu'il a encore toutes ses plumes. Comment est-ce possible que ce spécimen se retrouve là? Aucun charognard ne s'en est pris à lui.

Je soulève délicatement la dépouille en prenant bien soin de lui tenir la tête et le dos, comme si je tenais un nouveau-né. C'est impressionnant de constater la légèreté de ce grand volatile. Aucune odeur ne s'en dégage. Normalement, la putréfaction ne tarde pas à commencer son œuvre, aidé de larves et autres insectes. Ce spécimen est intact, comme figé dans le temps. On dirait un animal empaillé, mais souple.

Après avoir retiré la « barrure » de fortune et ouvert la porte, je dépose le défunt sur la table, de laquelle j'ai pris soin de balayer les « traineries ». Je dépose mon arrière-train sur la chaise berçante en merisier et j'observe l'oiseau, à demi-présent. Je ne sais plus trop si je rêve ou pas. Tant de scènes se chamboulent dans ma tête suite à la découverte de cet icône. Des effluves refont surface, enfouies depuis longtemps au plus profond de cette mer de souvenirs, comme les algues qui remontent après les torrents d'une tempête.

Il y a tant d'épisodes de ma vie qui demeurent inconnus de mon entourage. En immigrant sur le nouveau continent, j'ai fait le souhait de recommencer ma vie et d'aller de l'avant, pour le mieux. Je crois qu'il est maintenant temps pour moi de lever le voile sur cette partie sombre qui a forgée qui je suis devenu et pourquoi je

suis comme je suis, soit en relatant l'histoire de mon évasion de la Pologne.

1. ZWIADOWCA (Le scout)

Quelle belle mélodie que le son du ruissellement de la grande Warta. J'adore ce bruit qui produit un son ambiant constant et rassurant. Son courant descend tranquillement, juste assez pour ne pas avoir à trop pagayer lorsque j'en fais la descente, mais juste assez pour me faire forcer quand je la remonte vers le nord. Le cours d'eau coupe littéralement la ville en deux. Avec seulement deux ponts pour la traverser, je n'ai pas eu le choix de m'équiper d'une chaloupe. D'autant plus que je demeure du côté ouest, dans le quartier Wilda et que la plupart de mes amis vivent à l'Est, dans les bourgades de Rataje ou de Zegrze. Poznań n'est pas si grande que ça, mais les Allemands ont détruit deux des quatre ponts enjambant la grande rivière avant de fuir devant les Russes il y a deux ans déjà.

Ça fait déjà quinze minutes que j'attends Eryk. Ce n'est pas son genre d'arriver en retard, surtout lors des jours de réunion mensuelle. Être scout, c'est ce qui nous permet de se changer les idées avec tout ce qui se passe ces temps-ci.

Mon père dit que les Russes ne valent pas mieux que les Allemands et je me rends compte qu'il a peut-être raison. Depuis qu'ils ont pris le contrôle du pays, il n'y a jamais eu autant de pauvreté et de misère dans la ville. Si je ne pêchais pas autant de poissons, certains soirs nous n'aurions que des patates et du chou à se mettre sous la dent.

Du haut des de ses six pieds, mais ne pesant qu'à peine 130 livres tout trempé, Eryk ressemble à Huckleberry Finn, ce personnage de roman Anglais. Il marche en ma direction d'un air gringalet avec son éternel chapeau brun et sa brindille de foin au coin de la bouche.

- « Salut Eryk!»
- « Salut Jakub!»
- « C'était bin long!»
- « Désolé, mon père avait besoin de moi pour réparer la toiture du logement. Elle coule encore. Mes soeurs se sont réveillées dans une mare d'eau ce matin »

Son large sourire me démontre que ça ne doit pas être si grave que ça.

Par un sentier, en courant, nous longeons la rivière vers le nord. Être en retard serait inadmissible, surtout que je songe à devenir un sous-officier. Je dois donc montrer l'exemple.

Je cours plus vite qu'Eryk, mais je dois faire trois enjambées alors qu'une seule lui est suffisante avec les échasses qui lui servent de jambes. Après dix minutes de jogging, je vois enfin le camp à l'horizon. Il est stationné sur la pointe de terre servant de jonction entre les rivières Warta et Cybina, sur l'île d'Ostrów Tumski, à quelques lieux de la Basilique-archicathédrale Saint-Pierre-et-Paul. J'adore ce lieu de culte, il est si majestueux avec ses cinq clochers de cuivre oxydés aux reflets verdoyants qui surplombent le secteur comme des gardiens des cieux. Son style gothique est unique. Chaque fois que je la regarde, je sens l'aura de Dieu.

Après avoir enjambé la Cybina sur le radeau qui sert de traversier, nous prenons les rangs avec le reste des gars. Tout le monde arrive pratiquement en même temps, comme ça, Filip Lesnik, le chefscout, ne remarque même pas notre arrivée tardive.

Toujours bien mis avec sa chemise fraîchement repassée et ses bottillons cirés, Filip est l'image même du chef de troupe pour lequel on veut travailler. Respectueux, mais rigide, il sait se faire suivre. Cependant, un air renfrogné habille son visage ce matin, celui-ci étant normalement détendu.

Nous formons ainsi un rang devant Filip, au garde à vous. L'ordre dans le rang est important. Je suis le garde positionné à l'extrême droite, soit le meneur de parade qui donne le pas lors des déplacements « militaires ». Ensuite, nous sommes disposés par ordre croissant de grandeur. Inutile de mentionner qu'Erik est loin de moi. Il a l'air d'un géant aux côtés d'adolescents de quinze ans comme nous.

Notre chef s'avance devant nous et crie « Garde-à-vous ». C'est le moment de l'inspection qui a lieu avant chaque rencontre. C'est un peu long de demeurer immobile pendant plusieurs minutes, surtout que je suis le dernier à être inspecté. De plus, aujourd'hui il fait une chaleur suffocante et il n'y a aucun nuage dans le ciel, ni vent.

- « Aujourd'hui, il n'y aura pas d'inspection, lance Filip. J'ai plutôt un invité à vous présenter ». Je peux entendre un trémolo dans sa voix. Ses yeux s'emplissent de larmes. Il prend alors une grande inspiration et se ressaisit.
- « Le Parti Communiste a ordonné de mettre fin définitivement aux activités de notre troupe de scouts. Nous sommes invités à rejoindre l'Organisation des Jeunes Communistes ».

Je n'en reviens pas. Ai-je bien entendu? C'est impossible. Ma respiration s'arrête drastiquement. Je n'entends plus aucun son. On dirait que l'environnement s'est figé momentanément. Je n'ai pas le temps d'assimiler ce que le chef vient de dire qu'un jeune homme vêtu d'un uniforme vert kaki tirant sur le brun sort du baraquement. Sur son uniforme, il porte des épaulettes rouges et il est coiffé d'un béret de la même couleur orné d'une étoile rouge au-devant. Il marche au pas cadencé en direction de Filip. Tous les yeux sont tournés vers lui. Il règne un silence gênant. Sa démarche militaire laisse croire qu'il s'agit d'un soldat, mais il n'est pas armé et doit être âgé d'au plus dix-huit ans.

Se stationnant à la gauche et légèrement en avant de notre chef, le soldat le remercie. Filip recule et baisse le regard vers le sol, l'air désemparé. L'homme se tient droit, les bras dans le dos, le torse bombé et le menton légèrement dans les airs. Il nous regarde quelques instants d'un air hautain. Il s'adresse alors à nous d'un polonais cassé avec un accent Russe:

- « Bienvenue à tous dans l'OJC. Je suis le sergent Dmitry Bebnev, votre nouveau commandeur. Notre programme est de vaincre l'Église. Le temps où l'on s'agenouillait devant les prêtres est terminé. Maintenant nous allons cracher sur eux! »

Quel sacrilège! Que vient-il de dire? Je n'en crois pas mes oreilles. Suis-je entrain de faire un cauchemar? Ça ne peut être que les paroles de Satan! Bebnev poursuit son discours monocorde, mais je n'entends plus ses paroles. Je suis obnubilé par la colère qui monte en moi. Le sang bouille dans mes veines. Mes poings se serrent le long de mon corps tandis que je suis toujours au garde-à-vous. Ma respiration s'accélère. Je sens que mon visage devient rouge. Pour qui se prend-il pour insulter Dieu de la sorte? Après les Allemands qui ont tenté de nous affamer, de nous asservir ou même de nous exterminer, voilà que les Russes veulent nous enlever la foi! C'est à peu près la seule chose qui nous reste. Je ne peux pas accepter cette situation.

Je prends alors tout mon courage et je sors du rang, marchant rapidement en direction de l'orateur qui trop occupé à monologuer pour se rendre compte de ma venue. Rendu à cinq pieds de lui, je crache au sol tout près de ses bottes. Je le regarde dans les yeux en lui criant « sale chien! ».

Bebnev recule d'un pas et tourne brusquement la tête vers moi, surpris. Après une ou deux secondes, il se ressaisit. Il tente alors de m'agripper, mais Filip lui retient brièvement le bras droit, ce qui me laisse juste le temps de faire demi-tour et de me mettre à courir vers la rivière. J'entends les cris de mes camarades derrière moi pendant que je fonce « Cours, Dabrowski, Cours! ».

Je plonge dans la rivière et traverse celle-ci comme si ça ne m'avait pris que quelques brasses. Ni le courant, ni le poids de mes vêtements trempés n'ont d'effet sur mes mouvements. L'autre rive regagnée, je cours ensuite à toute vitesse. Je ne perçois plus le décor qui m'entoure. On dirait que je suis dans un train à vive allure avec des couleurs défilant en kaléidoscope de chaque côté de ma tête. Les paroles de ce sergent résonnent dans ma tête à répétition et me font pleurer de rage. C'est comme si on venait de m'enlever ma seule raison d'être.

Je ne me suis pas rendu compte du trajet, étant dans une sorte de transe. Je reviens à moi une fois rendu sur la rue Droga Dębińska, à quelques pas du logement familial. J'essuie alors des coulisses de larmes sur mes joues. Je dois me ressaisir. Il ne faut pas que mes parents me voient comme ça. Il ne faut pas qu'ils sachent ce qui vient de se passer car la honte ne doit plus marquer notre famille qui en déjà assez bavé alors que nous vivions sous le joug des Allemands et des Russes dans le sud-Est du pays.

Je prends donc deux grandes respirations et je continue de marcher jusqu'à la maison. J'entre ensuite dans le petit logement en coup de vent pour ne pas que ma mère me voit dans cet état.

Alors que j'ouvre la porte de ma chambre, j'y découvre mes deux frères y jouant. Ils me dévisagent, l'air hébété. Radoslaw me questionne sur l'origine des mes pleurs. Je lui résume ce qui vient de se produire. Je n'ai pas le temps de lui dire ne pas en parler aux parents que Mariusz, le cadet, est déjà parti vers la cuisine en criant à ma mère. Il m'enrage lui!

Ça ne prend que quelques secondes avant que j'entende ma mère crier « Jacub, viens ici tout de suite! ». Je n'ai pas le coeur à me rendre à la cuisine, mais je veux encore moins subir les réprimandes de la matrone. La tête basse, je lui obéis donc. Alors que j'arrive dans la pièce où elle se trouve, mon père ouvre la porte d'entrée. Il a terminé sa tournée de vente plus tôt aujourd'hui. Normalement, il n'est pas à la maison avant la fin de la journée. Ma mère se met alors à crier en sa direction en me pointant et relatant une histoire complètement déformée par Mariusz. Elle gesticule dans tous les sens, les bras en l'air. Mon père ne dit rien et me regarde d'un air incrédule. Il tire une chaise et s'assoit à table, m'invitant à faire de même. Radoslaw est accoté au cadre de mur de la pièce, attiré par les vociférations de notre mère. Ma grand-mère, qui devait être au jardin arrive à ses côtés, possible-ment alertée par les cris de maman. Tous me regardent et attendent que mes lèvres se délient.

C'est ainsi que sous l'ordre de mon père, je raconte ce qui s'est passé, devant cet audi-toire attentif, en prenant soin de n'omettre aucun détail. Lorsque je termine, ma mère regarde le plafond et elle est sur le point de se remettre à hurler, comme elle sait si bien le faire, lorsque mon père lève la main en sa direction afin qu'elle ne recommence pas. Il pose alors son regard bleu perçant au fond du mien. D'un ton calme, il me dit que je ne peux pas combattre le communisme à moi seul. La seule chose qui pourrait m'arriver serait de m'attirer des ennuis. Il termine son bref discours en me défendant d'argumenter avec ces gens, car ceuxci peuvent être très dangereux. On ne sait pas à quoi s'attendre avec l'instabilité gouvernementale causée par le parti Communiste car ce sont les Russes qui le mènent. Je sais qu'il a raison. Plusieurs de nos amis ont été emprisonnés pour de simples prises de position au cours des derniers mois.

Je me lève alors de la table, tranquillement, acquiesçant à ce qu'il vient de me dire sous les regards approbateurs de ma mère et de ma grand-mère. Je me dirige ensuite au jardin pour aider cette dernière à désherber. Au fond de moi, je me répète que je ne peux laisser agir ces gens de la sorte...

2. POCIAG (le train)

Le soleil embrase le ciel en cette fin de
journée. Les stratus qui frôlent l'horizon
sont d'un orange brûlé qu'on ne voit que
sur des cartes postales. Le mercure doit
bien atteindre les 90 degrés. Je pourrais
tordre ma camisole tellement ma sueur s'y
est imprégnée. Je marche d'un pas rapide
sur la rue Piatowska qui longe parallèle-
ment la rivière Warta à l'Ouest, mon butin
dans une poche de jute sur mon épaule.
Celle-ci contient une douzaine de carpes
fraîchement pêchées dans un de mes
« spots » de pêche sur la rivière. Je connais
la rivière sur le bout de mes doigts. Je sais
ainsi où se cachent les gros spécimens. Je
sers occasionnellement de guide pour les
étrangers. Ça aide à mettre des zlotys sur la
table. Ça me permet aussi de passer outre
la gouvernance des communistes qui ont

supprimé notre association de scout depuis déjà deux ans.

Je suis très excité de voir mon père et de lui relater la rencontre très intéressante que j'ai faite plus tôt aujourd'hui. Un jeune homme de Grunwald, un village à quelques pas à l'Est, m'a expliqué que d'autres jeunes comme nous organisent une résistance. Il y a un campement secret qu'il a promis de me montrer dans les prochains jours. Les gars y discutent de moyens pour s'entraider et faciliter la libération de nos comparses emprisonnés sans raison. Le tout me semble vraiment crédible car de plus en plus de jeunes tentent de fuir le pays vers le monde libre, à l'Ouest. Il paraîtrait même que le climat en Allemagne est en ébullition. La séparation de Berlin est de plus en plus contestée de part et d'autres.

Je presse le pas puisque ma grand-mère et ma mère doivent aussi attendre mes captures pour concocter le repas. Les traditions sont importantes dans ma famille et nous mangeons du poisson à chaque dimanche. J'ai un peu plus de temps pour pêcher depuis que l'école est terminée, donc j'en profite pour contribuer aux corvées familiales. Ça me rend fier.

En ouvrant la porte, ce n'est pas le grincement de celle-ci qui m'interpelle, mais plutôt le fait que mon père et ma mère soient assis à la table, la mine basse. Ils ne me regardent pas et ne saluent pas ma venue. Mon air se renfrogne et je demande ce qui se passe. Ils m'invitent alors à m'asseoir d'un ton neutre. Je n'aime pas cette tension qui règne. J'obéis rapidement. Mon père me tend alors une lettre avec le logo du Parti Socialiste (S.P.). Il m'explique que je suis appelé par le « S.P. » pour faire mon

« devoir envers la Pologne ». Comme quelques-uns de mes camarades, je vais devoir aller travailler à la reconstruction du Pays. Mon été sera dès lors consacré à nettoyer des ruines et rebâtir des maisons détruites lors de la Guerre. Mon paternel me regarde, anxieux de ma réaction. On pourrait entendre une mouche voler. J'éprouve un mélange de déception, de colère et de soulagement. Je me doutais bien que ça allait arriver un jour ou l'autre. Plusieurs élèves de l'école y travaillent déjà. Je ne veux pas déplaire à mon père, car je sais qu'il a déjà beaucoup de souci avec son travail et son implication dans la survie du village. Je lui réponds alors que je serai prêt dès le lendemain matin. Son sourire résigné et son signe de tête me confirme qu'il est content que je ne me révolte pas. Je me garde bien de lui relater ma rencontre, ce n'est pas du tout le bon moment.

Allongé sur mon lit, écoutant la symphonie de ronflement de mes frères, je regarde les planches du plafond, absent. Je songe à ce qui m'attend dans la « S.P. ». Je me dis que ça ne peut quand même pas être pire que les deux dernières années passées sous les ordres de l'O.J.C. Deux années marquées par des réprimandes et de perpétuels conflits avec ses dirigeants antéchrist. Je vais pouvoir en profiter pour voir Eryk plus souvent, lui qui est déjà assigné pour cette organisation depuis l'été dernier, étant plus âgé que moi. Je suis un peu moins anxieux de ce fait. Mais la rencontre de ce matin me trotte encore dans la tête. Dire qu'il y a un camp de résistants dans le secteur. Je dois absolument m'y rendre. C'est cette pensée qui me guide jusqu'au sommeil.

***

« Allez messieurs plus vite, plus vite! ». Similaires aux complaintes de goélands à la vue de déchets, les cris du patron du chantier Ouest de la « S.P. » n'a déjà plus d'effet sur les troupes. Deux semaines à entendre ces paroles hurlées sans arrêt, fait en sorte que je ne les entends plus. Depuis mon arrivée sur les lieux de corvée, les tâches consistent majoritairement à ramasser des « rails » de chemin de fer détruits par les Allemands avant leur déroute face aux forces Russes. Il faut transporter les segments d'acier de l'ancienne voie jusqu'à des chariots sur une distance allant de vingt à cent mètres. Je suis habitué aux tâches physiques et je suis en forme. Mes entrainements de boxe m'ont permis de développer une endurance physique supérieure à la moyenne. Mais, ce n'est cependant pas le cas de tous mes compagnons.

Le soleil commence tranquillement sa descente. Plusieurs d'entre nous sont exténués, surtout que la pause du repas n'a été que d'une quinzaine de minutes. L'eau est chaude et rationnée. Il fait une chaleur désertique, où chaque bouffée d'air entre dans mes poumons comme de la cendre. Eryk est derrière moi et tient l'arrière du rail d'acier qui doit bien peser trois cent livres sur son épaule. Je jette un oeil vers lui. Il a les lèvres inférieures tombantes. Il en est de même pour ses paupières. La peau de son visage rouge vif plus tôt, a laissé place à un blanc mat. Je l'appelle par son prénom. Il ne me regarde pas. Je répète deux fois son nom, avant de le crier pour attirer son attention, mais aussi celle du patron. On dirait un mort, mais vivant. Sa tête lève un peu. Il regarde en ma direction. Je vois alors ses pupilles monter vers le haut, se réfugiant dans son crâne. Son corps devient inerte d'un seul coup et il tombe au sol, comme une poupée. J'ai juste le temps de donner une poussée d'épaule vers la droite pour ne pas que le rail lui tombe sur le corps. Le vacarme causé par la chute de la tige d'acier attire l'attention du groupe en entier et surtout du chef, qui se dirige rapidement en notre direction d'un air furieux.

« Litwinski, debout! » hurle-t-il. Eryk, dont la chute l'a réanimé instantanément, s'empresse de se remettre debout. Du haut de ses six pieds, il baisse la tête d'un air penaud et regarde alors le surintendant dont le haut de la tête atteint à peine sa poitrine. Notre tortionnaire se met à lui crier de ramasser immédiatement son rail et de continuer à travailler, sans quoi il va rapporter son manque de labeur aux autorités qui n'hésiteront pas à le séparer de ses parents. Mon ami affiche alors une mine piteuse, comme un jeune enfant dont la mère vient de gronder. On dirait que c'est sa tête qui arrive à la poitrine du patron.

Je suis témoin direct de la scène. Malgré la chaleur insoutenable, mes veines bouillent de rage. Les ongles de mes doigts pénètrent la paume de mes mains tellement je sers fermement les poings. Mes jambes tremblent dû au flux d'adrénaline qui les traverse. Je crie alors: « Si vous trouvez qu'on ne va pas assez vite, vous n'avez qu'à nous aider! Vous dites que sous votre système nous sommes tous égaux et que les capitalistes ne sont plus là pour nous fouetter au travail. Qu'êtes-vous en train de faire, vous les communistes? » Aussi vite qu'un tigre saute sur sa proie, le surintendant agrippe fermement mon bras gauche. Me serrant le biceps, il me pousse devant lui. Je me sens soulevé par sa force. Mes pointes de pieds se trainent au sol tandis qu'il me dirige vers un baraquement situé à l'extrême sud du site, soit le bureau de la compagnie. Me tenant toujours avec une poigne d'acier de sa main droite, il ouvre la porte du bâtiment et me pousse à l'intérieur, m'ordonnant de m'asseoir sur un banc de bois situé entre un bureau et une patère. J'obéis. Je suis encore surpris par la rapidité et la force de cet homme, pourtant pas plus grand ni gros que moi.

Mon gardien décroche le combiné et signale un numéro en tournant la roulette du téléphone. Dès que j'entends le premier mot qu'il prononce, « militsiya »[4], je comprends que je suis dans le pétrin. Si la milice est appelée, ils vont m'embarquer pour une offense envers un employé de l'État. Je risque d'être sanctionné, emprisonné, voire torturé. Quelle honte à ma famille et quels problèmes ça leur causera. Plusieurs

---

[4] Milice, en langue russe

images de camps de prisonniers apparaissent en rafale dans ma tête. Je dois agir
et vite.

Je me lève du banc, doucement, sans faire
de bruit. Je contrôle ma respiration, même
si mon coeur bat la chamade. Je n'écoute
plus ce que raconte le surintendant. Je le
vois, dos à moi, tenant le combiné d'une
main et gesticulant de l'autre tout en voci-
férant. Je marche en sa direction d'un pas
feutré, fixant sa tête, à l'affut du moindre
changement de comportement de sa part.
Je franchis la distance nous séparant. Je
mets ma main gauche sur son épaule
droite, le tire en ma direction pour exposer
son visage. Ses yeux ronds de stupeur ac-
cueillent une droite que j'ai pris soin
d'élancer avec le plus de force et de précision possible. L'homme tombe au sol instantanément. Le bruit de son crâne sur les
planches de bois recouvrant le plancher

me confirme la réussite de mon coup. Il se convulse ensuite par terre comme une anguille. Je ne prends pas la peine de lui demander congé et je quitte la baraque en courant. Je traverse la guérite de fortune délimitant l'accès au chantier et poursuis ma course à toute allure. Je n'en reviens tout simplement pas de ce que je viens de faire. Je viens de frapper, peut-être même tuer un représentant du gouvernement.

Les immeubles défilent anonymement, au gré de la vitesse de mes pas. Je ne m'arrête même pas pour reprendre mon souffle. Je ne sais même pas où je me situe. Les bâtisses, les arbres, les monuments, les noms de rue ne me disent rien. La peur me pousse à continuer ma course. Je cours ainsi plusieurs minutes sans but. Tournant sur une rue plus achalandée, je reconnais alors l'imposante façade grise ornée de trois corniches du terminus de la Gare centrale de Poznań. Je ralentis le pas, trottinant vers les terminaux, afin d'être moins remarqué. L'idée de prendre un train m'habite soudainement l'esprit.

À l'approche du tableau affichant les destinations, je lis rapidement celles-ci. Je reconnais plusieurs noms, mais je n'ai pas beaucoup voyagé. J'ai vécu à Rzeszów et Poznań, le restant du pays m'est moins familier. Je me rends tout-de-même au poste du contrôleur. Je lui demande quel train part immédiatement. Il me demande la destination désirée. Je lui réponds que peu m'importe. Son regard déjà suspicieux devant mon accoutrement sale et trempé de sueur s'accentue. Il me dévisage pendant plusieurs secondes qui me paraissent des heures. Je soutiens son regard. Il se penche finalement sous le comptoir et me remet un billet pour Szczecin en me disant que l'embarquement pour cette destination est sur le point d'être terminé. Je lui paie le montant exact et je me dirige rapidement au quai numéro quatre. J'y observe alors la vapeur s'échapper d'une locomotive qui commence à tirer lentement une douzaine de wagons remplis de passagers. Je cours sur une centaine de pieds et saute sur la marche d'embarquement en agrippant la poignée métallique fixée sur le bord de la portière. Le contrôleur m'agrippe l'autre main et m'aide à monter à bord. Je lui remets mon billet avant même qu'il ne me le demande. Il m'indique un siège sur le bord du passage central, aux côtés d'un homme âgé dans la vingtaine coiffé d'un chapeau melon.

Maintenant assis, je reprends mon souffle, enfin. Après je ne sais combien de temps depuis la mise au tapis de mon employeur, je prends maintenant conscience dans quel bateau, ou plutôt dans quel train j'ai mis les pieds. Dix-sept ans et ennemi de l'État. J'en ai des frissons dans le dos malgré la chaleur habitant le wagon bondé de monde. Bien que j'en ai parlé à pratiquement personne, il y a plusieurs mois que je songe à quitter le pays pour un monde meilleur. Certains de mes amis de la « rébellion[5] » ont réussi à fuir le pays. Ceux qui n'y sont pas parvenus furent emprisonnés à la frontière, mais quelques-uns se sont échappés des camps de prisonniers et ils sont revenus militer avec nous. Ils m'ont ainsi expliqué comment quitter le pays. Cependant, je ne m'attendais pas à partir aussi précipitamment, sans vivre et surtout sans avoir fait mes adieux.

En y pensant bien, Szczecin est une bonne destination. Je n'y ai pas de famille ou d'amis, donc on ne pensera jamais à m'y

---

[5] Un groupe de « partisans » fidèle à la Pologne de l'avant-guerre

chercher. De plus, une connaissance de mon père y vit. Un vendeur qui, tout comme lui, arpente le pays pour le travail. Quand ses tâches l'amènent ici, il dort à la maison et mon père en fait de même lorsqu'il se rend là-bas. Ça fait au moins une bonne nouvelle dans toute cette histoire.

Je penche ma tête sur mon épaule et ferme les yeux. Il me reste sept heures de trajet pour songer à la suite des choses, car je le sais, ce n'est que le commencement...

3. SZCZECIN (Stetin)

Le ralentissement du wagon me tire de mes rêveries. Malgré nos nombreux arrêts, je sais que je suis arrivé à ma destination avant même que le chef de train crie le nom de la ville. Je reconnais le port de Szczecin alors que le train survole le fleuve Oder. C'est comme les images dans les livres d'école, mais en plus beau. Le soleil est à peine disparu à l'horizon, laissant une trainée de nuages roses et oranges sur son passage. Le tout se reflète sur la surface calme du cours d'eau, tout comme les lumières du port et des bateaux y mouillant.

La locomotive s'immobilise au quai de débarquement à la gare situé sur la rive Ouest de l'Oder. Je laisse la masse de gens se lever de leurs bancs et sortir du wagon. J'observe l'entourage par les baies vitrées, à la recherche de soldats. Après quelques minutes, je ne vois aucun comité d'accueil à mon égard. Ayant pris soin d'acheter le manteau et le couvre-chef de mon voisin de siège, je débarque du train. Je marche d'un pas nonchalant pour ne pas attirer l'attention des contrôleurs.

Une fois sorti de la gare, je reconnais aussitôt l'hôtel de ville. Mon père m'avait déjà montré une carte postale de celle-ci. J'écoute toujours attentivement ses récits. C'est comme voyager sans se déplacer. De toute façon nous n'en n'avons pas les moyens. Vendeur de briquets n'est pas le métier le plus palpitant qui soit, mais mon paternel a un don pour transformer un récit banal en une histoire palpitante. Il voyage beaucoup et me décrit toutes les villes qu'il visite. Voyant mon intérêt, il prend soin de me relater le tout avec précision, ce qui n'est pas le cas de mes frères et encore moins de ma mère.

Je n'ai pas eu trop de difficulté à trouver la maison de Wojtek, l'ami de mon père. C'est aussi un amateur de pêche et il m'a souvent raconté qu'il fait de bonnes prises juste en face de chez lui, dans le secteur qui s'appelle « la petite Venise ».

Je cogne à la porte. Celle-ci s'ouvre presqu'instantanément. La dame qui répond me dévisage quelques secondes, les yeux plissés. Après un moment, ceux-ci s'agrandissent et un sourire apparait sur ses lèvres. La femme scande alors le nom de son mari tout en me faisant entrer dans sa modeste demeure. J'entends des pas se diriger vers nous et je reconnais le grand gaillard qui apparait au bout du couloir. Il sourit à ma vue et s'empresse de venir me faire l'accolade. Après une courte présentation à son épouse, Wojtek m'invite à la table, m'offrant à boire.

- « Alors Jakub, tu t'es enfin décidé à venir taquiner le barbu à la maison? »
- « ouais... »
- « Où se cache ton père? »

Voyant ma mine basse et mon manque d'entrain habituel lorsqu'on parle de pêche, Wojtek sait très bien qu'il y a anguille sous roche. Il me regarde d'un air concilient et m'offre un repas de barbu chaud. Je lui raconte ce qui s'est passé plus tôt durant la journée et mes craintes d'être recherché par la milice. Il m'écoute attentivement sans mot dire. Après la fin de mon récit, il garde le silence un moment. Il m'invite ensuite à passer la nuit dans la chambre de ses fils qu'il déplace au salon pour l'occasion.

La nuit est chaude. Je perle de sueur. Je ne réussis pas à m'endormir. Je roule de gauche à droite dans le lit. Dès que je sens le sommeil me gagner, je sursaute et me réveille. Lorsque je suis sur le point de tomber, de m'assoupir, je capte une conversation entre mes hôtes. Je pose l'oreille contre le mur et écoute attentivement. Je comprends que la femme de Wojtek s'objecte à ma présence, qui selon elle met leur famille à risque. Je comprends son inquiétude. Je vais donc devoir me trouver un autre endroit où me cacher. Je ne peux pas tolérer que du mal soit fait à des gens que j'aime. En ce sens, je souhaite de tout coeur qu'il n'y ait pas de conséquences pour ma famille et nos amis.

Cette discussion alimente encore plus mon insomnie. Je ne trouve le sommeil que plusieurs heures plus tard. D'une courte durée, cette sieste est tumultueuse et parsemée de cauchemars. Je rêve que je suis poursuivi par des gens malveillants ou bien je cours après un train que je suis incapable d'atteindre.

***

À l'aurore, je suis déjà sur le chemin, en direction du port. J'ai quitté la maison sans faire de bruit, laissant un petit mot de remerciement à mes hôtes pour leur hospitalité. Tout en marchant, je songe à mes possibilités. Je dois trouver un moyen de quitter le pays discrètement. C'est le seul moyen de ne pas me faire arrêter. Je dois atteindre le monde « libre ».

À ce que les gens racontent, les frontières sont très bien gardées par les soviétiques et leurs alliés. Ils veulent garder de la main-d'oeuvre pour assouvir leurs sordides missions communistes. Peut-être que les limites maritimes sont moins surveillées que les terrestres. Je dois tenter ma chance.

Quitter dans un navire peut être la bonne solution.

Rendu aux quais, l'odeur du charbon est si intense qu'elle me picote le nez et les yeux. Il doit y avoir une dizaine de navires à l'eau. Un drapeau du Danemark valse au bout du mat d'un de ceux-ci. Je m'approche discrètement, me cachant derrière des caisses de transport. Je rampe ensuite sous une voile déposée à cheval entre une boîte et le sol. J'observe attentivement l'embarcation. Il y a des hommes partout. Une vraie fourmilière. Des gardes armés de fusils font le guet à la proue et la poupe ainsi qu'aux extrémités de la rampe d'embarquement. Le bateau est si bien gardé que même une souris ne pourrait y monter sans être vue.

J'observe trois autres bâtiments navals, tous mieux surveillés les uns que les autres.

Je pourrais attendre la tombée de la nuit pour m'infiltrer dans un de ceux-ci. Sauf que si je me fais prendre, je risque des conséquences peut-être pires que celles qui me guettent présentement.

Je songe alors à me trouver un travail au port. De cette façon, je pourrais me faire un peu d'argent et peut-être avoir l'opportunité d'embarquer sur un navire éventuellement. Cette idée quitte rapidement mon esprit puisque je vais devoir fournir des preuves d'identité aux employeurs et dès que mon nom sera connu, on va me livrer aux autorités. Mais qu'est-ce que je peux bien faire?

Plus le temps passe, plus mon regard se perd sur les flots du fleuve, alimentant mon sentiment de découragement. Je déambule sur le quai, en direction de la ville, cherchant une autre solution.

- « Du feu? » s'exclame une voix derrière moi.
- « Qu'est-ce que vous dites? »
- « Est-ce que vous avez du feu? Une allumette ou un briquet? J'aimerais allumer ma cigarette? »

La voix provient d'un jeune homme adossé au mur d'un entrepôt que je n'avais même pas remarqué. Il a environ le même âge que moi. Il porte un béret poussiéreux posé de travers sur la tête. De la poussière, il en a sur tout le corps et il dégage une odeur d'ordures perceptible à plusieurs pieds. Malgré ça, son sourire et ses yeux bleus lui donnent un air sympathique. Même si je ne fume pas, j'ai toujours un briquet sur moi. C'est une habitude familiale puisque toute la famille en fabriquait durant la guerre. Mariusz et Radoslaw récupéraient les munitions de carabines et pistolets abandonnés près des lieux de combats. Pour ma part, je m'occupais de désarmer les munitions pour y récupérer amorces et poudre. Ma mère et ma grand-mère fabriquaient les mèches et sous-parties. Finalement, mon père s'occupait du silex, du ressort et des vis. Un vrai travail d'équipe. Ce fut un tel succès que nous ne fournissions pas à la demande. C'est un peu comme ça que nous avons réussi à manger autre chose que des patates durant ces années de calvaire.

Je brandis l'allume-feu en direction du jeune homme qui redonne vie à un mégot.
- « Merci! Je m'appelle Aleks. Toi? »
- « Jakub. »
- « Tu viens d'où? »
- « De loin d'ici, toi? »
- « De Rzeszów, tout comme toi. »

Je suis surpris des dires de ce « Aleks ». Comment se fait-t-il qu'il sache que j'ai habité à Rzeszów? Je n'y ai vécu que cinq ans.

Questionné sur le pourquoi de cette insinuation, il me répond que c'est dû à mon accent de la « Petite-Pologne ». Je le regarde d'un air perplexe. Un rictus se dessine sur ses lèvres et il se met à rire aux éclats. Voyant bien que c'est une farce, je ris avec lui.

Nous discutons ensemble plusieurs minutes de tout et de rien. Lorsqu'il termine sa clope, Aleks m'invite chez lui pour casser la croute. Nous nous rendons quelques rues plus loin, sur la place du marché. Un peu à l'écart, dans l'arrière-cour, j'observe un abri de fortune. Mon nouvel ami me présente alors son « chez-soi ». Il me laisse m'asseoir sur un coussin et me donne un bout de pain qu'il sort d'un sac à dos. Il n'est pas très frais, mais je suis affamé n'ayant rien avalé depuis le repas de la veille chez Wojtek.

Nous passons la soirée ensemble. Alors que je lui dis que je vais rentrer et que je suis sur le point de me lever, Aleks me regarde et me dit qu'il ne me croit pas. Selon lui, j'ai des problèmes, tout comme lui et je n'ai pas d'endroit où aller. Voyant mon hésitation, il me rassure qu'il ne me juge pas. Il m'explique alors qu'à deux il serait beaucoup plus facile de se débrouiller. Je songe un instant à ses paroles et je décide de demeurer avec lui. Il faut dire que je n'ai pas vraiment d'autres options.

Sous une chaude et humide nuit d'été où le ciel couvert ne laisse place à aucune étoile, nous nous racontons nos histoires. Tous les deux nous partageons le désir de rejoindre le monde libre, de gagner l'Ouest. Je m'endors après quelques heures de discussions et de spéculations, le coeur serein. Je viens de trouver un allié dans ma quête. Je viens de me trouver un ami.

4. TAJNY AGENT (L'agent secret)

- « Ce n'est pas si dur finalement... »
- « L'important c'est d'avoir l'air confiant! »
Aleks me regarde alors avec un sourire aux lèvres, l'air presqu'arrogant. Nous sortons d'une belle demeure d'un quartier cossu de Szczecin. C'était un secteur où les aristocrates et officiers du régime Allemands logeaient avant l'expulsion de la majorité de ce peuple après la conquête soviétique. Nous avons effectué des travaux de plomberie dans cette maison. Rien de trop compliqué.

Depuis quatre jours, nous travaillons pour la famille de plombiers Valliant. Grâce aux talents de persuasion de mon partenaire, nous avons réussi à convaincre le père Valliant de nous engager. Moyennant une petite rétribution monétaire, nous effectuons des tâches de tuyauterie de base. Ça nous donne suffisamment d'argent pour se loger dans une chambre et se nourrir. Et le plus important, c'est que notre employeur ne nous a pas demandé de document d'identité pour l'embauche.

Ce fut une grosse journée avec six clients aux quatre coins de la ville. Nous retournons à l'entrepôt situé à quelques pas de la maison des Valliant avant d'aller « puncher » pour la fin de la journée. Aleks tient la bride du cheval qui traine le chariot d'outils et de tuyaux puisqu'il est plus familier que moi avec les équidés. Alors que nous approchons de notre destination, j'observe Jan, le fils cadet de monsieur Valliant, courir à en perdre le souffle dans notre direction. Je m'immobilise d'un coup. Mon partenaire en fait de même.

L'adolescent s'arrête à mes pieds, époumoné. Il est plié en deux, les mains sur les genoux, tentant de reprendre son souffle. Après quelques secondes, il articule « La police! Il y a deux policiers qui vous attendent à la boutique! ». Sans mot-dire, mon regard croise celui d'Aleks dont les yeux sont aussi ronds que les miens. Mon ami remet les rennes de la monture au jeune Valliant et nous marchons rapidement en direction opposée sans demander notre reste.

Après une centaine de pas, nous tournons un pâté de maison, hors de la vue de Jan. À ce moment-là, je cours aussi vite que mes jambes me le permettent, Aleks à mes trousses. Nous zigzaguons entre les immeubles, passant des ruelles aux rues avec comme seul objectif de s'éloigner du secteur. La course dure plusieurs minutes lorsque mon ami me crie qu'il n'en peut plus. Nous nous dissimulons alors derrière un bâtiment désert aux limites sud de la ville.

Aleks est blanc comme un drap et trempé de sueur. Nous demeurons un certain temps sans parler, écoutant les bruits environnants, s'assurant ainsi que personne ne nous file. Je suis le premier à briser le silence. Malgré mon chuchotement, ma voix sonne comme une fanfare dans cette tranquillité où seuls les criquets avaient droit de parole. Je suggère de quitter la ville rapidement et traverser la frontière entre la Pologne et l'Allemagne. Par la suite, il faudra atteindre la ville de Berlin. Il s'agit du meilleur endroit pour traverser à l'Ouest, vers un monde libre selon Aleks. Lorsque nous en avions discuté, il avait été question du fait que la présence de plusieurs soldats alliés et de la multi ethnicité rendrait le passage à l'Ouest plus facile. D'autant plus qu'il y a des camps pour les « réfugiés ». L'arrivée des gendarmes au commerce nous employant bouscule l'enclenchement de notre plan.

Mon comparse suggère d'éviter les moyens de transports publics et les grandes routes afin d'éviter d'être de nouveau retracé par les autorités. Je lui confie alors qu'il serait opportun d'obtenir l'aide d'un allié dans la poursuite de notre quête. Cette pensée mijotait dans ma tête depuis le début, mais je m'en étais gardé de la partager.

J'explique alors à Aleks qu'il y a une connaissance de la famille qui demeure en campagne à quelques lieux de notre position. Il s'agit d'un ancien agent secret recherché par les communistes selon ce que mon père m'a raconté. J'ai déjà passé des vacances chez lui avec mon frère Radoslaw. Aleks demeure muet face à cette proposition. Son regard est songeur et il mordille l'intérieur de ses lèvres. Après quelques instants, ses yeux fixent soudainement les miens et sa bouche se délie dans une courte phrase: « J'accepte ».

***

Nous marchons depuis environ trois heures à travers les champs lorsque j'aperçois le reflet de la lune sur le lac Jezioro Glebokie. C'est sur les berges de ce cours d'eau que se trouve la demeure de Tobiasz, mon contact. L'aura dégagée par l'astre nocturne me permet de trouver rapidement la maison. Alors que je m'engage dans l'allée menant à l'entrée de la résidence, le bras d'Aleks me barre le chemin. Il me suggère fortement d'attendre l'aube pour se présenter à la porte. Selon lui, l'arrivée de deux hommes en pleine nuit chez un individu comme lui risque d'être mal perçu. Voyant bien son regard renfrogné, j'en conclus qu'il ne blague pas et j'approuve en ce sens. Nous campons donc dans un boisé pour les quelques heures nous séparant du lever du soleil.

***

Un râlement de gorge me sort du sommeil. Mon regard est alors obnubilé par un trou noir et métallique pointé entre mes deux orbites. Cette vue me force à reculer rapidement, jusqu'à ce que j'heurte le tronc du chêne sous lequel je m'étais assoupi. Je n'entends pas la voix qui me parle. Je suis envouté par l'arme pointé à cinq pouces de mon visage. Le temps s'arrête. Je n'entends, ne sens et ne vois rien d'autre que l'embouchure devant moi, comme un tunnel signalant mon départ vers l'au-delà.

Lorsque je reviens à la réalité, je comprends que le possesseur de la carabine me demande qui je suis. Mon regard se détourne alors vers la voix qui passe du flou au clair et je le reconnais.

- « Tobiasz, c'est moi! Jakub... Jakub Dabrowski »

- « Jakub... Jakub! Dieu du ciel! »

Le canon quitte alors la croisée de mes
yeux et Tobiasz m'aide à me lever. Il me
questionne sur la raison de ma présence
dans les bois en compagnie d'un intrus à
quelques pas de sa porte. C'est alors
seulement que je constate qu'Aleks est
couché sur le sol, les bras attachés derrière
le dos et la bouche bâillonnée. Il tente
d'émettre des paroles, sans succès.

Après quelques explications, nous sommes
invités dans l'humble demeure de l'ami de
la famille qui s'amuse bien du quiproquo.
Quant à lui, Aleks se remet de ses émotions, une fois délié de ses liens. Il trouve
l'accueil de Tobiasz « particulier ».

Sans tarder, j'explique à notre hôte dans
quel pétrin nous nous sommes fourrés. Son

air songeur et ses acquiescements de tête me confirment mes craintes. Je lui expose ensuite notre plan, soit de rejoindre le monde libre, à pied, par les champs et les bois. Enthousiaste, je l'invite à se joindre à nous dès aujourd'hui sachant très bien qu'il adore l'aventure et qu'il pourrait enfin se libérer de l'épée de Damoclès qui lui pend au-dessus de la tête depuis si long-temps. Se caressant la moustache, le regard perdu dans ses pensées, Tobiasz ne dit rien. Nos regards sont fixés sur lui, en at-tente. Tout-à-coup, l'homme se lève de table, nous tourne le dos et se rend à la fe-nêtre. Il y fixe le lac, les bras croisés dans le dos. Quelques secondes, qui me paraissent une éternité, passent et Tobiasz tourne fi-nalement la tête en notre direction. Ses yeux se pointent alors sur Aleks et moi en alternance. Ma respiration cesse, comme un apôtre près à entendre la révélation du Christ.

- « Très bien. Montre-moi tes cartes, or-
donne-t-il »
- « Mes cartes? »
- « Vos documents que vous devrez présenter aux militaires à la frontière! »
- « Nous n'avons pas de cartes et pas de
papiers d'identité, nous ne savons que la
direction à prendre pour Berlin et je suis
certain que nous y arriverons! »

L'ex agent regarde le sol et secouant la tête
de gauche à droite. Il m'explique alors que
nous ne sommes pas prêts et que sans de
bons « faux » documents, nous serons rapidement neutralisés. Il ajoute derechef:
« Je vois que vous marchez vers un échec
parce que personne ne peut réussir s'il
n'est pas bien préparé. L'Allemagne n'est
pas le vrai salut. Ce qu'il faut, c'est se
rendre à l'Ouest. La façon la plus sûre est
de passer par Berlin. Rendu là, il est beaucoup plus facile de passer inaperçu parmi

tous les réfugiés. De plus, avec les soldats Anglais et Américains présents, les Allemands y sont beaucoup plus dociles. Vous devriez attendre jusqu'à ce que j'organise votre départ, avec moi. »

La bouche béante, je n'en reviens pas des paroles prononcées par cet homme qui a toutes les raisons de vouloir quitter le pays. Selon lui, d'ici quelques semaines, tout au plus un mois, le tout sera prêt.

Je ne veux pas entendre ces mots. Il m'est inconcevable d'attendre une journée de plus pour fuir la Pologne. Je pense à tous mes proches qui subissent les mesures dictatoriales des communistes. Je pense à ma famille qui doit présentement être malmenée par les sbires de l'État à cause de ce que j'ai fait. Je pense à mes deux amis qui furent tués en traversant la frontière et à un autre qui y fut capturé. Mes efforts ne peuvent être vains. Il est impossible que ces ennemis de Dieu aient le dessus.

Je me lève d'un bond, le regard plongé dans celui de Tobiasz, sûr de moi. « Nous partons aujourd'hui, avec ou sans toi! » Le quinquagénaire soutien mon regard, l'air contenté, acquiesçant de la tête. Il quitte un instant avant de revenir. Il me remet alors une petite bourse contenant de l'argent avec un plan cartographique du secteur. Il nous souhaite bonne chance et me dit qu'il priera pour nous.

***

Nous marchons quelques minutes avant de nous réfugier dans une église. Le parfum fumant de l'encens plane dans les lieux qui sont déserts. Après y avoir pris le temps de prier Dieu pour qu'il me donne la force et le courage dont j'aurai besoin et aussi de me guider dans ce périlleux voyage, nous étudions la carte remise par notre bienfaiteur. Nous y repérons ainsi un secteur propice à la traversée frontalière.

Nous nous rendons ensuite à une petite auberge à proximité. Nous commandons un repas chaud, du « bigos ». Je dévore le plat avec appétit. Sa saveur en bouche me remémore des souvenirs de mes proches. Ils me manquent. J'espère qu'ils se portent bien et qu'ils ne s'inquiètent pas pour moi. Nous mangeons sans parler. Une fois le gosier bien rempli, je commande des sandwichs et une bouteille de vin pour emporter. Ça sera notre réserve pour le voyage. Je regarde ensuite Aleks dans les yeux et je lui dis d'un ton confiant que je suis rassuré car Dieu est avec nous. Il me tend alors la main. Je serre celle-ci avec vigueur. Son regard transperce le mien tout en acquiesçant: « Dieu est avec nous! »

ii. LE BARRAGE (Blokada)

J'ai des haut-le-coeur. Mon environnement tourbillonne autour de moi. Tous ces souvenirs font réagir mon corps et le force à retourner dans un état d'esprit malsain. Je me lève brusquement, ne distinguant plus le plafond du plancher. J'agrippe la poignée de la porte. J'ai à peine le temps d'entre-ouvrir celle-ci que la bile escalade mon oesophage à vitesse grand « V » avant de faire éruption sur le sol de la galerie. Je tombe sur les genoux. Un nouveau spasme m'envahit et je régurgite de nouveau. Appuyé sur mes deux mains, le dos rond, la tête enfoncée entre les épaules et la bouche béante, je me sens si vulnérable.

Après quelques secondes, ma respiration se calme, tout comme rythme de mon coeur. Les objets m'entourant semblent vouloir reprendre leur place graduellement. La tempête est passée. Je me relève en m'appuyant sur la rampe. Je vais aller marcher pour prendre un peu d'air frais et replacer mes idées.

Muni de mon bâton de marche, je descends le petit sentier qui conduit à l'étang qui fait office de « lac » en face du camp. Le paysage qui se dessine devant moi adoucirait même le plus dur des assassins. Le ciel se reflète sur la surface de l'eau, créant un effet de dessin de Rorschach. Le soleil couchant brille sur le miroir de l'étang avec son plus bel éclat. Les quenouilles valsent en choeur au gré de la brise. J'observe le tout un moment, emmagasinant chaque petit détail. Cette vue m'apaise.

En baissant le regard, je repère une trace d'orignal fraîche. Par la circonférence de celle-ci, j'estime que ça doit être un « p'tit buck », âgé de tout au plus trois ans. Je me mets donc à suivre celles-ci en direction opposée du camp, dans le sentier de la montagne aux bouleaux. Je les file facilement pendant une trentaine de minutes, respirant l'air vivifiant de la nature, lorsqu'elles disparaissent soudainement dans une marre d'eau qui ne devrait pas se trouver là. Les castors ont encore inondé les lieux malgré mes multiples tentatives pour les évincer du secteur. Cette famille est clairement coriace de père en fils. Je localise la source de ce débordement non loin de la « trail ». Le ruisseau de Paul a été « damé » en amont. L'oeuvre des rongeurs est remarquable. D'une hauteur d'environ cinq pieds, le barrage formé de bois et de boue est parvenu à faire passer un ruisseau de quelques pieds de large à une marre de près de cent pieds de diamètre.

Comme à presque chaque année, je vais devoir percer la barricade pour libérer les eaux de leurs tortionnaires. Je me mets donc à l'oeuvre avec ma machette et un levier issu constitué d'une branche. J'attaque la partie la plus faible du bâtiment en jouant le funambule sur le sommet. C'est beaucoup plus solide que je ne me l'imaginais. Malgré plusieurs minutes d'efforts, je ne réussis pas à percer la muraille.

Le soleil baisse rapidement à ce temps-ci de l'année. Il s'approche de la cime des arbres, annonçant l'arrivée imminente de la nuit. J'essaie une dernière stratégie avant de retourner au camp. J'enfonce un petit tremble, dont j'ai taillé la pointe en pieu avec ma machette, au milieu du mur. Je m'y pends de tout mon poids. On dirait que ça va fonctionner. Je sens que le barrage va se rompre sous mes sauts. Les tremblements de la masse s'accentuent. Ça y est presque. « Crack »!

Mon dos touche l'eau en premier. Ensuite mes bras et mes mains, dont la droite qui tient toujours une partie de mon levier de fortune qui vient de rompre sous mon poids. Lorsque l'arrière de ma nuque s'immerge, je ne réalise pas encore ce qui se passe. C'est lorsque l'eau traverse mes vêtements, que la température glaciale de l'étang me conscientise. Mon corps au complet est maintenant englouti.

Pourquoi je ne bouge pas? Pourquoi mes membres ne répondent pas à l'appel de ma volonté. L'obscurité s'accentue à chaque seconde que je coule, et je coule telle une roche. Mes pupilles se dilatent et mes yeux veulent sortir de leurs orbites, envahis par la détresse. Je sens alors un choc dans ma poitrine me poussant à crier, mais aucun son ne sort. Une armée de bulle s'échappent cependant de ma bouche et défilent devant mon regard, se bousculant pour atteindre la surface.

Je ne sais pas ce qui fait le plus mal entre la douleur perçant mon coeur, l'eau glacée qui inonde ma gorge et mon nez ou bien la pensée que je suis entrain de me noyer. La lueur du soleil fait place à l'obscurité brunâtre de l'eau. Il n'y a plus aucun son. C'est le vide.

5. GRANICA (la Frontière)

À 18 heures, la ville est déjà derrière nous. Le soleil touche la pointe des arbres et tarde sa descente, comme pour nous saluer avant que nous quittions le pays. Mes jambes sont déjà trempées par l'eau laissée sur les herbes longues suite à une averse survenue durant l'après-midi. J'y fraye mon chemin afin de ne pas être repéré. Mon sac à l'épaule, je suis déterminé à réussir ma mission. Aleks marche en retrait, à ma droite. Nous nous déplaçons ainsi dans le but de fuir plus aisément si nous sommes repérés.

Au loin devant moi, j'aperçois un filet de fumée. Des voix provenant de cette direction jacassent. Je repousse quelques graminées afin de percevoir leurs origines. J'observe ainsi un baraquement au loin. Situés de chaque côté de la route, il y a des sacs de sable empilés formant un muret. De la broche barbelée surplombe ceux-ci. Une barrière de bois rejoint les deux côtés. Cinq ou six soldats en uniforme sont armés de carabines. Je fais signe à Aleks qui acquiesce d'un signe de tête. Je me rapproche ensuite de sa position lorsque je le vois se jeter à plat ventre au sol.

Au même moment, j'entends le vrombissement de moteurs en provenance du boisé. Deux transporteurs surgissent des arbres et avancent sur une route à quelques mètres devant nous. Je n'avais pas vu ce chemin transversal sur la carte. J'imite mon ami et rampe vers lui. Nous écoutons attentivement, ne pouvant y voir. Les moteurs cessent de tourner et une dizaine de voix se font entendre. Alors que j'entre-ouvre les lèvres pour chuchoter quelque chose, des aboiements retentissent. Ayant pris soin de mettre sa main sur ma bouche, mon compagnon me fait signe de le suivre.

Nous rampons ensuite, nous éloignant des bruits humains et canins. Je suis Aleks de près sans mot dire. Nous nous déplaçons ainsi, ventre au sol en se tirant de nos mains agrippées aux roches, racines et herbes tout en nous propulsant du bout des pieds. Nous gardons la bouche fermée afin d'éviter l'intrusion de terre et d'insectes. Environ une heure plus tard, nous prenons une pause, essoufflés. Un déplacement de la sorte est épuisant. Nous faisons alors le point sur notre position en regardant notre carte de fortune. Avec cet impondérable, nous avons bifurqué du trajet prévu d'environ un kilomètre. La clarté du jour fait tranquillement place à l'obscurité de la nuit. Les nuages enveloppent le ciel et cachent la lune. Le plafond de feuilles et d'épines couvrant la forêt ajoute à cette noirceur. L'atmosphère est lourde et humide. Il règne un silence anormal. Aucun cri d'animaux, aucun bruit d'insectes, aucun bruissement. Aleks est en train de me murmurer le trajet à suivre lorsqu'un hurlement déchire le mutisme ambiant. Ce cri de chiens me glace le sang. En quelques secondes, les aboiements se rapprochent de nous. Mon ami se remet à ramper rapidement entre les racines et les buissons avec moi sur les talons. Notre cadence accélérée fait plus de bruit et de nombreuses branches fouettent mon visage. J'ai peine à retenir mes cris de douleur.

Les bras et les genoux meurtris par les aléas du sol, nous poursuivons notre déplacement ardu, exténués de s'être trainé une heure de plus par terre. Les ténèbres nous enveloppent maintenant à un point tel que je ne distingue plus Aleks se trouvant à trois ou quatre pieds de moi. Seuls les bruits de sa respiration et des feuilles se déplaçant sous son corps me confirment sa présence. Un galop de cheval sortant de nulle part me fait m'immobiliser d'un seul coup. La bête s'arrête devant nous et pousse un hennissement. Je ne bouge pas d'un poil, écoutant les respirations du pur-sang. La silhouette d'un policier se dessine sur la monture. Je ne distingue pas ce qu'il fait. Il demeure en place plusieurs minutes, le cheval expirant bruyamment de temps à autres. Je garde les yeux fermés de peur que le blanc de ceux-ci trahisse ma pré-sence dans cette noirceur.

Le duo quitte tranquillement, d'éternelles minutes plus tard, laissant quelques pommes de routes en guise de souvenir. Aleks s'en recouvre le corps, histoire de ca-cher son odeur. Il me fait signe d'en faire de même. C'est vraiment dégoutant, mais je m'exécute sachant très bien que ça peut berner l'odorat canin. De toute façon, j'ai tellement sué que mes effluves me sont aussi intolérables.

Nous poursuivons ensuite notre déplacement en étant accroupis, ou en rampant. Mes articulations me font mal. Mes muscles me font mal. Mon estomac vide me fait mal. Ça commence bien comme expédition!

La nuit est bien entamée lorsque mon compagnon cesse sa migration. Nous nous assoyons sur quelques branches, reprenant notre souffle. J'observe les alentours. Je n'ai aucune idée de l'endroit où nous nous trouvons. Je n'ose pas en discuter avec Aleks, par peur d'être repéré. Nos communications se limitent donc à des mouvements oculaires et des signes de tête d'un côté ou de l'autre. Il est aussi hors de question d'explorer la carte dans cette noirceur. De toute façon je n'ai pas pu observer de repères topographiques en rampant. Il n'y a que des branches, des fougères et des moustiques. Ma douleur aux bras et au dos s'ajoute aux précédentes. Mais c'est surtout le sentiment d'être dans la mauvaise direction qui me ronge le plus l'esprit.

Je suis le premier à me relever après avoir pris un repos de quelques minutes. Je suis appuyé sur mes genoux, lorsque le feu orangé d'une cigarette brille dans la nuit à environ vingt pieds devant moi. Je me jette immédiatement au sol. Je cesse de respirer. J'écoute attentivement. Une ombre toussote et crache. Je regarde Aleks, les yeux remplis de frayeur. Il est aussi écrasé par terre, immobile. Des pas se dirigent en ma direction. Je ne peux pas bouger sans qu'on ne me voit et encore moins me lever. L'ombre est rendue si près qu'elle m'écrase pratiquement les doigts. Seuls quelques feuillages nous séparent. Je distingue des bottes de soldat à quelques pouces de mon nez. Ses inspirations et expirations sont si près de moi que j'ai l'impression d'avoir un voisin de couchette. Je perçois très bien l'odeur de sa « Camel » dont la braise se consume tranquillement. L'ombre militaire est immobile. Seuls les tisons de sa cigarette qui deviennent plus ardents ainsi que son bras s'activant au gré de ses inhalations démontre qu'il est vivant.

Ça y est, c'est la fin. Le soldat sait que je suis là et il réfléchit surement au moyen de me piéger. Je vais me faire abattre comme un lâche, couché au sol, par un militaire Russe. Je ne suis pas un peureux et je ne me laisserai pas faire. J'empoigne donc délicatement une roche avec ma main droite. Je serre la mâchoire. Je crispe mes muscles qui sont saturés d'adrénaline. Je suis sur le point de bondir pour lui fracasser le crâne lorsque j'entends un craquement lointain.

Je fige. Le soldat aussi. Il lance ensuite sa cigarette dans les bois et se met à marcher à grands pas vers le bruit en direction opposée. J'expire alors tout l'air de mes poumons en même temps que la peur qui m'habitait. Il s'en est fallu de peu.

Aleks se relève d'un bond et se déplace rapidement, à demi penché. Il me fait signe de le suivre. Je lui emboîte le pas. Nous arrivons précipitamment sur un chemin de fer. Il l'enjambe d'un saut et disparait de l'autre côté. Je tente la même manoeuvre, mais un fil barbelé s'agrippe à ma jambe gauche, tirant mon pantalon en direction opposée. Je m'écrase sur le rail, heurtant mes côtes sur la fonte. Je resserre les dents pour ne pas crier ma douleur. Je n'ai pas le temps de me plaindre puisque le bruit de ma chute a surement attiré l'attention du soldat. Je tire de toutes mes forces sur ma cuisse pour me dégager de l'emprise de l'acier. Les pointes de métal sont bien pénétrées et ne veulent pas me laisser aller. Assis sur les fesses, je tire avec mes deux bras de chaque côté de ma jambe en direction de mon torse. Je me dis que c'est vraiment imbécile d'être retenu par un si petit fil et je maudis intérieurement son inventeur. Les griffes de barbelé me libèrent finalement sous ma force en prenant soin de conserver le bas de jambe de mon pantalon et quelques miettes de chair ensanglantée. Je ne m'en soucie guère et plonge dans un buisson à partir duquel je m'enfonce dans la forêt plus dense au pas de course. Je fais une cinquantaine de pas avant de trébucher sur un objet placé en travers de mes pieds. La main droite d'Aleks s'écrase alors sur ma bouche. Son index au travers de ses lèvres m'invite à me taire.

Dans le silence, nous écoutons les échos de la forêt en quête de signes de la présence du soldat ou de renforts. Il n'en est rien. Quelques instants plus tard, le vent se lève, créant le bruit de fond parfait pour camoufler notre déplacement. C'est ainsi qu'en marchant accroupi nous poursuivons notre quête, avec l'aide de Dieu.

6. PIERWSZE KROKI (Premiers pas)

Je réussis à repérer Aleks devant moi grâce aux gesticulations qu'il fait avec ses bras pour chasser les insectes qui nous harcèlent. Il ne risque pas d'y avoir d'autres êtres vivants que ces bestioles dans le marais de boue où nous marchons depuis un bon moment. Ça pue la charogne et la pourriture. Mes pieds s'enfoncent de cinq à six pouces à chaque pas que je dépose dans le sol spongieux et je dois doubler mes efforts pour lutter contre la succion de la vase et de la tourbe pour les en sortir. Ce terrain nous ralentit considérablement, mais lors d'une brève discussion, nous avons choisi conjointement cette avenue afin d'éviter d'autres soldats. Jusqu'à présent, ça nous a bien réussi.

Le temps me semble cependant bien long. On ne peut pas se parler. De plus, je n'ai pas d'horloge pour savoir quelle heure nous sommes. Et pour ajouter à cela, je ne vois toujours pas le ciel, qui est aussi ennuagé qu'en soirée. Je n'ai plus la notion du temps ni de l'espace. La fatigue alimente mes pensées négatives. Celles-ci me conduisent vers mes parents, mes frères et ma grand-mère. Vont-t-ils accepter mon départ? Je ne voudrais pas qu'ils croient que je les ai abandonnés. Nous sommes une famille qui ne communique pas beaucoup si ce n'est qu'en se criant après. Mais nous connaissons chacun nos rôles dans la maisonnée, comme un moteur aux multiples engrenages. J'espère que sans moi, la courroie de ce dernier ne déraillera pas. Je me sens responsable d'eux, surtout de mes petits frères. Durant la grande guerre, nous habitions dans un logement crasseux de Rzeszów. Les Nazis avaient forcé mon père à s'y rendre pour travailler dans une usine d'aéronautique. Toute la famille avait suivi.

Le paternel passait tout son temps à l'usine pour quelques Zloty[6] par jour. C'était à peine suffisant pour nous nourrir. Il n'y avait que des patates, du chou et du blé pour manger. N'étant pas assez vieux pour travailler dans les usines, je voulais aider les miens à s'en sortir. J'avais alors eu l'idée de faire un élevage de lapins dans la cave du logement. La viande étant rare, ça valait très cher. Ça nous a permis de prendre des forces pour combattre les durs hivers du Sud-est de la Pologne ainsi que toutes les maladies qu'elles transmettent. Je revendais ou échangeais les surplus à nos amis à bas prix afin de les aider. Ça rendait mon père très fier de moi.

Un vrombissement motorisé me sort de mes pensées. Dans la même direction, un éclair lumineux transperce le feuillage et se

---

6 Monnaie officielle de la Pologne, « troisième Zloty » à cette époque.

déplace rapidement. Je réalise qu'il s'agit de phares d'une automobile qui circule sur une route à environ cent pieds devant nous. Je m'accroupis derechef, tout comme Aleks. Les lumières se déplacent dans une clairière et projettent leurs faisceaux contre un panneau de bois sur lequel il est inscrit « Blankensee ».

Aleks se relève d'un bond et se met à se déplacer aussi rapidement qu'il le peut en ma direction. À quelques pieds devant moi, il trébuche et tombe en plein visage dans la boue. Stupéfait, je le regarde. Il se relève, couvert de gadoue. Je ne vois que le blanc des ses yeux et de ses dents apparaissant dans son sourire. Il m'agrippe par les deux épaules, me brassant vigoureusement de l'avant vers l'arrière.

« - Jakub, ça y est, nous y sommes!

- ...De quoi tu parles?

- Nous sommes en Allemagne!

– En es-tu certain?

– Oh que oui. Je n'étais peut-être pas le meilleur à l'école, mais je connais ma géographie et la ville de Blankensee ne fait pas partie de la Pologne, je peux te le confirmer. En plus, la voiture était une allemande, donc raison de plus! »

Une certaine euphorie m'envahit et me donne la vigueur nécessaire pour reprendre la marche. Je ne remarque presque plus le sol qui aspire mes pas.

Nous gagnons rapidement la clairière où se trouvait le véhicule. Nous atteignons ensuite un chemin de terre. Enfin le sol ferme! Nous marchons quelques temps dans la même direction empruntée par la voiture. Je me rends alors compte que l'euphorie ne remplit pas un estomac. Je fais donc signe à mon compagnon de s'arrêter.

Aussi épuisé que moi, mais peut-être un peu plus orgueilleux, il n'attendait que ça.

Après avoir repéré un tas de bois sec, nous nous y assoyons. Je regarde Aleks avec un sourire vanné et je lui dis que je n'en reviens pas que nous ayons réussi à traverser la frontière. Tobiasz n'en reviendrait pas, lui qui nous a tellement rabroué notre plan. Mais ça y est, un pas de plus vers la liberté.

Il est temps de faire le point. Je déplie le bout de papier qui nous sert de carte et j'allume une brindille de bois à l'aide de mon briquet pour faire office de torche. Bien que le nom du village Allemand n'y apparait pas, la lande que nous venons de traverser y est clairement inscrite. Les aléas rencontrés sur notre trajet nous ont fait bifurquer de plusieurs kilomètres vers le nord. Nous allons devoir ajuster notre route si on veut atteindre Berlin avant l'automne. Mais avant toute chose, nous devons manger. Ça ne fait que quelques heures que notre périple est débuté, mais je n'ai jamais eu autant faim de ma vie. J'ouvre le sac de provisions et nous nous empiffrons de sandwiches. Sous l'influence de mon appétit intense, le pain et le lard salé se transforment en foie gras sur biscotte et la piquette de campagne devient un grand cru de domaine Français. Je savoure le tout tel un festin Pascal. Qu'à cela ne tienne, je mange tout et je bois jusqu'à la dernière goutte.

Plein comme des boudins, nous reprenons la route. Nous marchons aux abords de celle-ci à une vingtaine de pieds de la chaussée afin de pouvoir facilement nous dissimuler dans le boisé le cas échéant. Je suis un peu moins sur mes gardes en territoire allemand. Ce n'est pas deux garçons

souillés de boue et sans-le-sou qui de-
vraient trop inquiéter les soldats Russes.
C'est du moins la réflexion à laquelle nous
en sommes venus.

***

Le changement de teinte dans les cieux
laisse présager l'arrivée imminente de
l'aube. Nous avons parcouru un peu moins
d'une dizaine de kilomètres depuis notre
banquet nocturne. La cadence ne tient plus
la route. Un repos est de mise. J'en avise
Aleks, qui ne l'aurait surement pas suggéré,
mais dont l'idée lui sied à merveille. En
quelques instants, je repère un petit bosquet de foin sec à l'orée d'un champ qui
conviendra parfaitement comme couche
pour quelques heures. Je n'ai pas le temps
de souhaiter les politesses d'avant-sommeil
à mon ami que ce dernier ronfle déjà
comme un âne. Malgré mon épuisement

généralisé, j'ai encore une fois de la difficulté à rejoindre le pays des rêves. Mes pensées vacillent dans toutes les directions et horizons.

Un mouvement sur la route me fait tressaillir. J'ouvre les yeux en même temps que j'agrippe la poitrine de mon voisin. Je me fige devant le faisceau lumineux pointée sur mon visage tel un chevreuil devant le phare d'une locomotive. Je suis incapable de distinguer le porteur de cette lumière tellement j'en suis aveuglée. Je reconnais cependant parfaitement un échange verbal entre deux interlocuteurs s'exprimant en allemand. Je ne prends pas la peine de détourner le regard vers Aleks, car je sens très bien ses battements cardiaques sous la paume de ma main gauche. Quelques secondes se passent et l'éclat quitte mon visage pour se détourner vers la route. Des pas et des voix s'éloignent ensuite de nous.

Le temps que mes pupilles se ré-approprient l'obscurité, je parviens à distinguer des silhouettes d'hommes vêtus de bonnets et de bottes. Ils semblent porter des armes longues à l'épaule. Les deux individus disparaissent ensuite dans la pénombre causée par les arbres recouvrant la route.

Toujours ébahi par ce que je viens de vivre, je tourne la tête vers mon voisin. Il semble moins marqué que moi:

« - C'était des gardes de route allemand. Je n'ai pas tout compris ce qu'ils ont dit, mais ils ne semblaient pas trop s'intéresser à nous. Mais je crois qu'on devrait quand même repartir.

- C'est drôle, mais je ne me sens pas très rassuré...

- Dis-toi bien que s'ils avaient quelques choses à faire, ils l'auraient déjà fait! »

C'est sur cette discussion que nous reprenons notre route en direction ouest, toujours le plus loin possible de ma patrie. Mais cette fois, à travers les champs. Par souci de quiétude...

La journée file au rythme de nos pas qui nous conduisent vers un petit amas de résidences situées au bas d'une colline à l'intersection de deux ruisseaux. Surement un village de maraichers. Le soleil, qui approche de son zénith, est resplendissant dans un ciel sans nuage. Une légère brise d'air chaud caresse mes joues et me rappelle que malgré la période de l'année, l'été n'a pas encore tiré sa révérence.

Aleks me partage alors l'idée de se rendre à une maison pour y discuter avec les habitants afin de connaitre les lieux sûrs pour dormir. Il suggère même l'idée de travailler un peu afin de se faire de l'argent, ou bien d'obtenir de la nourriture en échange de notre labeur. Je trouve ça risqué puisque nous sommes encore très près de la Pologne et le risque d'être rapportés aux autorités demeure bien réel. Même si mon compagnon parle l'Allemand, il est clair que nous ressemblons davantage à de vulgaires vagabonds qu'à d'honnêtes jeunes gens à la recherche de travail. Aleks me donne raison sur ce point.

Ainsi, nous nous arrêtons aux abords d'un cours d'eau pour se nettoyer le visage ainsi que nos chemisiers dans le but d'être un peu plus présentable. Par la suite, nous ciblons une petite maisonnée parfaite pour notre approche. Elle est construite de briques rousses et brunes. Les volets de bois grisonnant y sont ouverts. Une légère fumée danse au sommet de la cheminée de pierre trônant sur un de ses murs extérieurs. Des vaches ruminent tranquillement dans le pâturage. « On y va » annonce Aleks.

Nous marchons d'un pas certain en direction de la petite allée de pierre des champs menant à la porte principale. Je suis mon ami de près, lui laissant bien sur le soin d'engager la conversation avec les occupants. À l'instant même où Aleks pose un pied sur le passage d'accès de la maison, la porte s'ouvre, laissant sortir un individu vêtu d'un uniforme et d'un couvre-chef tout de gris. Alors que son regard se pose sur nous, j'entends les mots « Danke Offizier ». Pas besoin de parler couramment l'allemand pour comprendre qu'il s'agit d'un policier. Sans aucune hésitation, Aleks change la trajectoire de ses pas en direction de la route et il se met à siffloter le « Das Deutschlandlied[7] » tout en regardant droit

____

[7] Hymne nationale Allemande

devant lui. J'essaie maladroitement de l'imiter ayant souvent entendu ce chant lorsqu'on se moquait des Allemands à l'école. Du coin de l'oeil, je peux voir l'officier immobile dans l'embrasure de la porte d'entrée, nous observant attentivement, sa tête suivant notre marche. Une fois la courbe de la route passée et la maison disparue derrière nous, je cours jusqu'au prochain buisson derrière lequel je me réfugie. Mon compagnon me rejoint peu de temps après. Il a les larmes aux yeux tellement il se moque de moi: « T'aurais dû te voir détaler comme un lièvre. Un beau petit lièvre polonais mort de trouille avec la queue dans les airs!». Il me tape dans le dos et m'invite à poursuivre notre chemin, me rassurant au passage.

La journée se poursuit au gré d'une cadence ralentie par la faim. Cependant, la chaleur du soleil et les effluves des champs me rendent heureux. Il n'y a pas beaucoup de discussion, seulement quelques regards complices ou hochements de tête admiratifs à la vue de nouveaux paysages. Nous parcourons un secteur très rural composé de champs de céréales. Il y a des élevages bovins par ci, par là. La route est pratiquement déserte. Nous croisons trois ou quatre charriots dont les conducteurs ne posent même pas l'oeil sur nous.

À la vue d'une nouvelle bourgade, Aleks s'approche de moi:

« - Nous allons devoir nous arrêter quelque part pour se nourrir. Nous ne nous rendrons jamais à Berlin en s'alimentant que de noix et de baies!

- Je sais bien, mais je n'ai pas vraiment envie de recroiser un policier. Il s'en est fallu de peu avec l'officier ce matin. Et on n'a aucune idée de l'accueil que nous réserveront les habitants du secteur;

- C'est certain... Mais qui risque rien, n'a rien! De plus, ce petit village me semble l'endroit idéal pour une nuitée tranquille.
- Pourquoi celui-ci, plus qu'un autre?
- Suis-moi, j'ai un plan... »

7. DOBRY SAMARYTANIN (le bon samaritain)

Un petit panneau sur lequel est inscrit
« Polzow » nous accueille dans ce petit village où nous voulons passer la nuit.
Comme la plupart des localités observées
dans le secteur, un clocher surplombe les
maisonnées l'entourant. Cependant,
contrairement aux bourgades polonaises,
les lieux de culte du secteur sont beaucoup
plus austères, comme le veut la tradition
des chrétiens protestants.

En nous rapprochant du centre de l'agglomération, Aleks a pris soin de m'expliquer
son «plan». Il appréhendait certainement
ma réaction car ses explications s'éterni-
saient sur des détails anodins, tout en me
complimentant exagérément. Et il avait raison de craindre, car je ne suis pas du tout

d'accord avec son idée. Celle-ci consiste en fait à se rendre à une célébration liturgique dans l'enceinte même de l'église afin de rencontrer le pasteur et ses fidèles pour « obtenir leur assistance » comme il le dit si bien. Le moment semble parfait puisqu'une masse de gens se dirige vers le petit édifice de pierres grisâtres aux fenêtres rectangulaires juchées d'un demi-cercle en leurs sommets. Le clocher s'était fait entendre quelques minutes auparavant.

L'idée d'Aleks me répugne au plus haut point. Jamais je n'irai mendier, car c'est plutôt de ça qu'il est question ici, et encore moins auprès de protestants. Que Dieu ait son âme, Aleks ne laisse pas beaucoup de place à la foi dans sa vie. Même si nous n'en avons pas directement discuté ensemble, il est clair que pour lui, Dieu ne guide pas sa vie. Ce n'est pas que je le juge, mais pour ma part, il en va tout autrement. Avec toutes les épreuves qui ont contrecarrées ma vie et celle de ma famille, il est clair que le Seigneur existe et que sans lui je n'aurais pu survivre. Je me souviens de ma chute dans les eaux glacées de la rivière Warta lors d'un matin du mois de novembre de mes 9 ans. Je fuyais une troupe allemande avec des camarades de classe. Je suis demeuré plusieurs minutes dans le courant déchainé, redoublant d'effort pour rejoindre le rivage. Exténué, j'avais réussi à rejoindre la résidence familiale où j'y avais perdu conscience pendant plus de deux jours. N'ayant pas accès à un médecin, mes parents avaient essayé plusieurs trucs de médecine naturelle, mais rien ne semblait fonctionner. J'y avais même reçu l'extrême onction. Mais par le miracle de Dieu, au troisième matin je m'étais réveillé de ce coma avec pour seule conséquence un appétit démesuré. Personne ne pouvait s'expliquer comment j'ai pu y survivre.

Comme j'invective mon ami d'insultes quant à son plan stupide, un homme adossé sur le bord d'une grange, en retrait, nous fait signe de la main en criant « tutaj, moi przyjaciele[8] ». Je suis saisi par ces paroles polonaises. Bien que méfiant, je me rapproche rapidement de l'homme afin qu'il cesse de crier et d'attirer l'attention. Un sourire aux lèvres, le robuste quinquagénaire m'explique que ça lui a fait du bien d'entendre des blasphèmes dans sa langue natale. Il nous explique rapidement qu'il se nomme Josef Bergmann et qu'il est natif de la ville polonaise de Golenów où son père, un marchand Allemand y a rencontré sa mère. Après quelques années là-bas, ils sont revenus dans le pays natal de son paternel, pour y vivre sur les terres familiales. Il y continue ainsi la tradition en cultivant

---

[8] Par ici, mes amis.

celles-ci depuis le décès du chef de famille. Sa mère a toujours continué à lui parler dans sa langue natale afin qu'il se souvienne de ses racines. Il mentionne aussi qu'il y a rarement des Polonais qui s'affichent comme tel dans le secteur.

Heureux de nous rencontrer, Josef nous invite ensuite chez lui, à la seule condition que nous donnions des nouvelles du pays à sa vieille mère. Voilà une vraie occasion qui s'offre à nous. Nous suivons alors ce nouvel ami qui nous ramène à sa ferme située à moins d'un kilomètre du village.

Nous arrivons à la chaumière familiale un peu avant l'heure du souper. Josef nous présente chaleureusement à sa famille constituée de ses trois filles, son épouse ainsi que sa mère. Celles-ci sont accueillantes, surtout la mère qui ne lésine pas sur embrassades, comme si nous étions de vieux amis. Je reconnais en elle la dureté de la poigne polonaise. Beaucoup plus loquace et enjôleur que moi, Aleks explique brièvement nos aventures des dernières semaines et l'objectif de celles à venir à nos hôtes. Par prudence, nous n'avons pas révélé nos véritables identités et omis volontairement quelques détails de notre récit. On ne peut quand même pas se fier entièrement à des inconnus, même si du sang polonais coule dans leurs veines, il y a aussi du sang Allemand...

Le goûter se déroule candidement. Les échanges se font heureusement en polonais, de sorte que je ne perds pas le fil de la conversation. La majorité des discussions tournent autour de l'évolution de la situation en Pologne. Ce sont l'ainée et Aleks qui monopolisent les discussions. Celui-ci relate le traitement misérable dont les Russes servent aux habitants de notre beau pays.

Mme Bergmann, de son nom de fille Zurwaska, s'en voit complètement désolée. Elle ne peut concevoir ce qui a pu conduire à un tel désastre, en parlant de la grande Guerre. Selon elle, ce n'est qu'une minorité d'Allemands qui ont guidé la grande majorité qui n'avait aucune idée de ce qu'ils faisaient. Les autres femmes de la famille demeurent muettes, échangeant des regards de temps à autre. Je sens très bien qu'il y a un certain malaise pour elles.

Alors que je me lève de table pour desservir, Josef m'accoste à l'écart de la cuisine en m'offrant une vodka. Il me demande de le rejoindre discrètement à la grange avec mon ami après le digestif.

C'est en ce lieu que nous nous retrouvons une fois que la noirceur a envahi la campagne. Notre hôte nous invite au grenier de la bâtisse où jonchent des dizaines de balles de foin servant de réserve pour nourrir les animaux en hiver. Josef marche alors en équilibre sur une poutre durant une vingtaine de pieds jusqu'à un mur qu'il fait habilement glisser sur un rail, dévoilant ainsi une ouverture. Nous y rejoignons l'homme dans une pièce baignée par la noirceur. Quelques secondes et un cliquetis de silex plus tard, une lampe à l'huile emplit la pièce d'une lueur dansante. Le visage éclairé par la flamme, l'homme s'adresse alors directement à moi d'une voix basse:

« - Mes amis, je sais bien que vous vous méfiez de nous. À votre place, je ferais de même. Mais croyez-moi, je peux vous aider à atteindre Berlin.

- Pourquoi devrions-nous te faire confiance Josef?

- J'ai toujours de la famille en Pologne et je comprends bien tout ce qui s'y passe. Ces gens me manquent et nous n'avons aucun contact avec eux.

- Alors pourquoi tu nous donnes rendez-vous dans une pièce cachée d'un grenier de grange et que tu chuchotes?

- Ma femme et mes filles ne partagent pas nécessairement les mêmes idées que ma mère et moi. Elles sont nées ici et ont grandi ici sous le Troisième Reich. La capitulation a causé de lourds dommages depuis la prise de contrôle de notre « Land » par les Russes. Ils disent vouloir nous laisser vivre selon notre culture, mais c'est tout le contraire qui se passe présentement et la liberté de pensée et de religion est de plus en plus contrôlée...»

Je me contente d'un regard compatissant pour seule réponse. C'est la première fois que je ressens de la sympathie pour la situation vécue par les Allemands.

Josef nous exhibe alors une carte ferroviaire bien détaillée. Bien qu'elle date de l'avant-guerre, il nous explique que les rails qui sont toujours intacts offrent les mêmes trajets qu'auparavant. Selon lui, c'est cependant beaucoup trop risqué d'utiliser le train pour se rendre à Berlin car les voyages sont sur haute surveillance. Il ajoute que seuls les gens de la haute bourgeoisie ou les travailleurs avec des documents officiels peuvent y voyager. Constatant bien que nous n'avons pas de fausses pièces d'identité, il nous suggère de marcher jusqu'à la ville de Strasburg située à une vingtaine de kilomètres d'ici. À cet endroit, il y a un fort volume de départs et d'arrivées, de telle sorte qu'il serait plus difficile pour les autorités de nous intercepter. Si d'un autre côté, nous décidons d'effectuer le trajet à pied, il faut absolument éviter les grandes routes de la Brandebourg[9] au sud, car les Russes y sont très présents et surtout hostiles avec tout ce qui se passe à Berlin présentement. Il nous explique qu'il y a de la dissension au sein des différents gouvernements quant à la division du pays par les alliés. Il serait même question de créer de nouveaux états Allemands...

Notre hôte nous offre ensuite quelques vêtements plus « locaux », afin de passer inaperçu lors de notre escapade. Finalement, notre ami nous invite à passer la nuit dans cette pièce afin de bien nous y reposer jusqu'à l'aube. Pour nous rassurer, il nous informe qu'il va mentionner aux femmes de la maison que nous avons quitté les lieux en soirée. Nous échangeons ensuite les politesses avec notre nouvel ami et nous lui

---

remettons le contenu de nos sacs de voyage en échange de quelques Reichsmark[10].

Dès que notre hôte quitte les lieux, nous explorons toutes les avenues possibles en observant attentivement la feuille de papier étalée sur le sol. Nous sommes ambivalents sur la meilleure option, ou plutôt la moins risquée. Nous ne sommes qu'à quelques heures d'une vaste gare à partir de laquelle nous pourrions atteindre Berlin dans la même journée. Ou bien nous devrons marcher environ 130 kilomètres à travers champs et boisés sous les intempéries de la nature qui endosse peu à peu son manteau automnal. Donc, c'est un choix entre quelques heures et plusieurs jours pour atteindre la liberté. Cependant un argument de taille me fait pencher pour la seconde option. Il nous sera beaucoup plus facile de

____

[10] monnaie de l'Allemagne avant sa division en 1948

se faufiler dans la nature que dans un wagon ferroviaire. Avec tout ce que nous avons vécu jusqu'à présent, je crois qu'il n'y a aucune chance à prendre. Biens qu'Aleks croit que nous sommes tout-à-fait capable de se frayer une place dans un wagon bourré de monde, il se range finalement à mon avis après de longues minutes d'argumentation.

La nuit est courte, tout comme mon sommeil. Les coqs allemands me semblent plus matinaux que les polonais lorsque leurs chants me réveillent. Nous ne tardons pas à quitter ces lieux qui nous furent hospitaliers l'instant d'une soirée. Bien qu'il nous reste encore une grande distance à parcourir, je me sens plus léger. Mon esprit est moins tourmenté. La voie à emprunter me semble maintenant beaucoup plus claire. Il ne reste plus qu'à marcher.

iii. LE CHOIX (wybór)

Mon dos heurte les fonds vaseux de l'étang. Bien que je ne voie plus rien et que l'eau emplit mes narines, ma gorge et mes poumons à chaque seconde, je suis toujours vivant. Mes membres sont pétrifiés. Je ne me demande pas si je vais mourir, mais plutôt pourquoi je ne le suis pas déjà.

Je distingue soudainement une ombre dans la noirceur des eaux me submergeant. Elle tournoie au-dessus de moi, en provenance des cieux tel un vautour. N'est-ce pas un tunnel éclairé que je suis supposé observer avant d'atteindre la porte des cieux? Non! C'est impossible, je ne peux pas me diriger vers les limbes. Non et Non!

C'est alors qu'une énergie insoupçonnée, nourrie par ma colère face à ce constat, envahit mon corps tout entier tel un « Épipen » injecté directement dans mes muscles. Mes jambes se mettent à « jigger » dans la boue recouvrant le sol. Mes bras s'agitent en tout sens au travers de cette masse liquide. Puis je sens un bout de bois glisser sur ma paume. Je tente éperdument de le rattraper avant que mes forces ne me quittent définitivement. La troisième brasse est la bonne. J'empoigne solidement une tige des mes doigts gauches qui sont immédiatement aidés de mes droits. Je tiens le tout fermement. Mes deux pieds se creusent dans la vase et mes jambes se recroquevillent. J'y vais alors d'un ultime effort en dépliant mes genoux, tirant de mes deux bras et poussant un cri inaudible qui évacue tout ce qui reste d'air et de haine en moi.

La froideur de l'air extérieur m'atteint au visage comme une gifle. Mes yeux exorbités me permettent de distinguer un amas de bois à portée de main. La bouche béante et les narines boueuses expulsent l'eau se trouvant dans ma gorge, créant une fontaine brunâtre dans la pénombre. Au même moment, mes poumons qui brulent dû à une surdose de dioxyde de carbone, s'emplissent d'oxygène. Juste avant que ma tête ne s'engloutisse de nouveau sous les eaux, j'atteins une masse composée de bois, d'herbes et de terre. Je m'y tire d'un geste sec. Il me faut une deuxième tentative avant que je parvienne enfin à y déposer ma poitrine. J'expire alors tout l'air et l'eau se trouvant en moi. Ma tête s'affaisse ensuite sur la terre humide, laissant ma joue gauche se déformer sous le poids de mon crâne. Pendant de longues minutes, les râlements causés par mes inspirations et expirations, pour ne pas dires expiations, constituent les seuls sons qui parviennent à pénétrer mes oreilles.

C'est une sensation de gelée dans mon cou qui me ramène tranquillement les esprits. Les fesses et les jambes trempant toujours dans l'étang, je prends conscience que la nuit est tombée sur la forêt. Les frissons qui font vibrer l'ensemble de mon corps et claquer mes dents me rappellent que l'hypothermie s'empare peu à peu de tous mes membres.

En enfonçant mes ongles dans le sol, je tire mon corps, le faisant ramper vers l'avant jusqu'à ce que mes pieds sortent de ce piège frigorifiant. Je parviens ensuite à me blottir au sol tel un foetus, afin de me réchauffer. Mes mains glaciales enfouies sous mes aisselles me rappellent que je risque de mourir gelé si je ne fais rien. Bien que la température ne descende peut-être pas sous zéro cette nuit, elle sera suffisamment froide pour me transformer en glaçon sur place si je ne fais rien. Le problème, c'est que je grelotte tellement que je ne suis même pas capable de réfléchir.

Tout à coup, des images se mettent à « flasher » dans ma tête. Des souvenirs d'évènements similaires, comme un « déjà vu ». Machinalement, je me dévêtis en commençant par mes bottes. Ce qui devrait normalement prendre quelques secondes, prend une éternité. Ensuite, c'est au tour des bas. Mes mains « shake » tellement que j'ai de la difficulté à en atteindre les rebords afin de les dérouler de mes pieds. Puis ensuite, au tour des pantalons, des caleçons, du chandail, jusqu'à ce que je sois nu comme un ver. Fait surprenant, la morsure du froid me semble moins incisive. Je ne sais pas si c'est un bon signe. Soit que je me réchauffe, soit que je suis tellement gelé que les sensations ne m'atteignent plus. Cette deuxième option ne me rassure guère.

Un constat m'apparait évident. Je dois me réchauffer au plus vite. À l'aide de ma machette, je coupe quelques branches de sapin avec lesquelles je me crée un poncho de fortune. Un choix primordial se dessine: tenter de me faire un abri de fortune ou bien regagner le camp. La première option semble à priori plus simple, mais je n'ai rien pour allumer un feu, ce qui sera nécessaire si je veux revoir la lumière du soleil demain. La seconde me demandera beaucoup plus d'effort physique, mais si je parviens à atteindre la cabane, j'aurai tout le nécessaire pour survivre. Encore faut-il que je m'y rende. Mes jambes ne sont plus ce qu'elles étaient avec bientôt quatre-vingt-cinq ans d'aventure. Finalement, ce n'est pas la logique ou une grande réflexion qui me pousse à marcher, mais plutôt mon instinct de survie qui est guidé inconsciemment par l'expérience des multiples épreuves qui ont parsemées ma vie.

Chaque fois qu'un pied effectue une avancée, je m'en félicite et pousse le second à en faire autant. Un pas à la fois, cent grelottements à la seconde. Je dois y arriver. Alors que j'atteins une cinquantaine d'enjambées, le sentier se sépare en deux. Je n'ai aucun souvenir de cette bifurcation. Depuis plusieurs années, mes garçons défrichent de nouveaux lieux pour la chasse qui me sont inconnus. J'essaie de trouver un indice d'un passage antérieur afin de me guider sur la route du retour, mais je n'y vois absolument rien. Je vais devoir faire un choix rapidement ou bien je vais mourir de froid ici-même, à la croisée des chemins. Je ne peux croire que c'est le hasard qui va décider de mon sort...

8. PRZEJSCIE (La traversée)

La matinée se déroule bien. L'air est frais, mais la bleutée éclatante du ciel compense cet inconfort. Notre cadence est rapide malgré le fait que nous évitions les routes. Le paysage se transforme sous nos yeux. De verts pâturages laissent maintenant place à de vastes forêts et à une multitude de cours d'eau. Il est facile de se déplacer à travers les bois du secteur qui sont bien dégagés.

Le coin est tranquille. Nous ne croisons personne, mais nous côtoyons cependant de nombreux habitants forestiers. Nous faisons entre autre la connaissance d'une famille de cervidés qui gambadent dans le secteur, nous épiant à distance.

La lourdeur des derniers jours laisse place à la joie et aux taquineries. Nous discutons de tout et de rien. Je me rends compte qu'Aleks me ressemble beaucoup plus que je le croyais. Nous avons tous les deux été séparés de nos familles et elles nous manquent énormément. En même temps, nous sommes tous deux à la recherche de liberté et nous regardons devant nous plutôt que derrière. Lors d'une de nos discussions, j'apprends que mon compagnon de route a été fiancé avant la fin de la guerre, mais que sa promise a rompu leur union face à son insistance de vouloir quitter le pays. Il faut croire qu'il est aussi entêté que moi.

En milieu de journée, nous prenons une pause sur la rive sud d'un lac près de la ville de Prenzlau. Pendant qu'Aleks croque quelques pommes juteuses cueillies dans un verger croisé un peu plus tôt, j'essaie de pêcher notre repas. J'obtiens quelques touches avec ma ligne de fortune, mais je ne réussis pas de capture. Nous suivons ensuite la bordure du cours d'eau qui se transforme en rivière avant de se jeter dans un nouveau lac, tout aussi beau que le précédent. Ce dernier est cependant plus étroit et nous parvenons à distinguer des habitants qui vaquent à leurs occupations sur la rive occidentale qui est parsemée d'habitations. Je ne prends pas le temps de tâter le poisson dans celui-ci car le soleil fuit rapidement vers l'ouest et nous devons trouver un lieu sûr pour passer la nuit. Il n'est pas question de dormir à la belle étoile pour le moment puisqu'un feu risquerait d'attirer l'attention.

Nos déplacements ne se font pas assez rapidement et la noirceur s'empare des cieux avant que nous puissions atteindre la ville de l'autre côté du cours d'eau. Les lumières des chaumières qui se reflètent sur la surface du lac, devenu rivière, sont nos seuls guides dans cette nuit sans lune. Bien que se refusant de dormir dehors, nous augmentons la fréquence de nos pauses, gagnés par la fatigue accumulée.

Aux petites heures du matin, nous trouvons enfin un pont pour enjamber l'affluent. Construit entièrement en pierres des champs et de mortier, il possède un portique qui est partiellement détruit. Ça fait en sorte que son accès est si étroit qu'on ne peut s'y aventurer qu'à pied. Nous n'avons pas encore atteint le palier qu'une voix sortie de la noirceur nous interpelle en allemand: « Halt![11] » .

Nous figeons sur place. Pas le temps de fuir, qu'un homme âgé dans la quarantaine et de petite taille apparait à ma gauche. Il est en train de replacer son chemisier dans

---

11 Arrêtez-vous!

son pantalon, sûrement après s'être soulagé dans les bois. Il se met à parler à une vitesse telle que même Aleks semble avoir de la difficulté à comprendre. On dirait une pâle copie de l'empereur Napoléon Bonaparte qui dicte un discours appris par coeur à un nouveau peuple conquis. Il pointe un brassard sur son bras gauche qu'il éclaire avec une lampe de poche sur lequel il est inscrit « Brückenwächter [12]. Mon partenaire balbutie quelques mots en pointant l'autre rive. L'individu nous examine de la tête aux pieds avec son faisceau lumineux pendant un certain moment. J'ai la gorge sèche et je me concentre pour ne pas avaler de salive afin qu'il ne remarque pas un gloussement nerveux de ma part. Au même moment, je songe qu'il serait facile à maitriser, surtout qu'il ne semble pas armé. Il ferme partiellement son oeil droit

---

[12] Surveillant de pont

d'un air suspicieux et nous dévisage quelques secondes, avant de nous dicter quelques instructions en montrant le pont de son index droit. Il s'en retourne ensuite d'où il est venu comme s'il en était rien.

Aleks me prend discrètement le bras et m'attire en direction de la traversée. Il me chuchote une traduction de sa discussion avec le garde. Ce dernier posait de multiples questions sur l'endroit d'où nous venions et vers quel lieu nous nous dirigions. Il aurait aussi demandé d'aller s'identifier au responsable de la guérite se trouvant dans le baraquement sur l'extrémité ouest du pont. Mon traducteur lui aurait répondu que nous retournions à la maison dans le village, de l'autre côté.

C'est sur cette discussion que nous entamons la traversée de la structure. Rendu environ au tiers du tablier, c'est à mon tour de prendre le bras de mon comparse, mais cette fois pour qu'il diminue sa cadence. Je l'escorte vers la bordure de pierres délimitant l'extrémité sud du pont. Je regarde les eaux et lui dit de faire de même. Je lui chuchote alors que j'ai un mauvais pressentiment. Je lui demande de m'attendre ici quelques instants, pendant que je vais aller faire une reconnaissance discrète de ce poste de guérite. Ainsi, je m'accroupis et je décide de me déplacer de la sorte jusqu'à ce que je puisse voir sur l'autre rive. Il en est impossible de notre position dû à l'inclinaison trop abrupte de l'arche.

Je déambule ainsi sur une vingtaine de pieds. J'étire ensuite le cou, le nez en l'air, telle une perdrix aux aguets. Je peux alors distinguer un cabanon éclairé devant lequel se trouvent des poches de sable. De chaque côté du bâtiment se trouvent des poteaux perpendiculaires au sol, servant probablement de guérite. J'observe aussi un individu portant un casque ainsi qu'une carabine à l'épaule. Il hume la fumée d'une cigarette, assis sur une rambarde. Mon intuition était bonne. On dirait beaucoup plus un poste de garde militaire qu'autre chose.

Je rebrousse donc chemin avec la même délicatesse et je rejoins Aleks pour l'informer de mes constatations. Ce dernier propose de faire demi-tour et de trouver un autre endroit pour traverser la rivière. Je m'oppose à cette idée:
« - si nous rebroussons chemin, nous risquons de croiser le garde de tantôt et ça risque de mal tourner.
- Mal tourner pour lui c'est certain, rétorque Aleks.
- Sûrement, mais on ne peut pas prendre le risque. Il n'était peut-être pas seul? Il

avait peut-être une radio pour appeler de
l'aide ou bien un pistolet...

- T'as raison... mais on ne va pas passer la
nuit au beau milieu de ce pont.

- Non. Il faut trouver une solution pour
traverser avant le lever du soleil.

- Tant qu'on ne le fait pas à la nage!

- Je pensais plutôt à une diversion... »

Après l'élaboration d'une brève stratégie,
nous rampons jusqu'à mon point d'obser-
vation précédent. Le gardien aspire toujours sa boucane avec passion. Plusieurs
minutes s'écoulent avant qu'il n'entre dans
son abri. C'est alors que je m'approche le
plus près possible du halo lumineux du
lampadaire situé près du kiosque de garde.
Je saute par-dessus la rambarde d'un geste
rapide. Je ne m'y retiens qu'avec les mains,
les pieds pendant dans le vide, les eaux
noires s'agitant sous mes souliers. Au
même moment, je distingue le vacarme

causé par une éclaboussure dans l'eau. C'est le manteau rempli de roches qu'Aleks vient de jeter dans la rivière. J'entends ensuite les cris de mon complice répéter « Hilfe... Hilf mir![13] ». Moins de cinq secondes après ce boucan, des pas de course défilent à ma hauteur et puis se dirigent vers notre position initiale. Je me hisse immédiatement sur le palier et trottine d'un pas feutré vers le poste de garde.

Je me blottis le dos contre le mur de tôle et tente de déceler une présence quelconque à l'intérieur en jetant un coup d'oeil rapide par l'embrasure servant de fenêtre. Il n'y a personne. J'accours alors dans le poste de garde en contournant le muret avant. Une fois à l'intérieur, je cherche la source d'énergie d'un regard agité. À ma droite, je repère un boitier gris duquel du filage

---

13 À l'aide... Aidez-moi!

entre et sort. J'ouvre celui-ci d'un geste brusque et j'arrache les quelques fusibles s'y trouvant.

La noirceur totale tombe sur le pont et les environs. Je sors aussi vite que j'y suis entré et je cours sur la rive ouest pendant quelques centaines de mètres avant de me dissimuler derrière de grosses roches, à plat ventre sur le sol. J'y attends mon complice.

Hormis quelques cris allemands suite à mon extinction des feux, il n'y a plus aucun son autre que celui du vent dans les feuilles et les clapotis des vagues sur la rive. L'attente de mon compagnon me semble interminable. Je jette un regard subreptice par-dessus les rochers aux dix secondes. Après quelques minutes, je me décide à rebrousser chemin et à aller voir ce qui se passe. Dès que je me relève, un caillou atteint mon dos. Mes yeux explorent l'obscurité à la recherche de la provenance de l'obus, mais la noirceur est trop opaque pour que je puisse distinguer quoi que ce soit. Une seconde pierre atteint mon genou. Semblant provenir de ma gauche, je m'y aventure accroupi. Je finis par observer une masse accolée sur un tronc de d'arbre. Je la rejoins et confirme la réussite de notre plan en y retrouvant Aleks.

Nous courons sans plus attendre entre les arbres et la rive pendant un certain temps avant de diminuer le pas. Nous prenons ensuite un moment de repos beaucoup plus loin, sur un bosquet nous permettant d'apercevoir quiconque s'approcherait de nous. Euphorique suite à notre bon coup, je saute de joie jusqu'à en faire une accolade victorieuse à mon ami. Il demeure immobile. Son manque d'entrain est sûrement dû à la fatigue.

L'adrénaline créée par notre plan nous garde éveillés toute la nuit. Nous déambulons ainsi jusqu'à ce qu'une bande lumineuse causée par le soleil naisse à l'horizon et nous fournisse la clarté nécessaire pour se diriger adéquatement dans la bonne direction.

Durant toute la matinée, nous nous contentons de mettre un pied devant l'autre sans mot dire. L'ivresse de notre petite victoire nocturne laisse maintenant place à la fatigue. Seul le fort éclat des rayons du soleil m'empêche de ne pas m'endormir debout. Mon partenaire, ayant atteint le même stade de fatigue que le mien, ordonne alors une pause sous un énorme pin. Il consulte la carte remise par notre ami polono-allemand. Après quelques observations, il m'explique que nous sommes à moins d'une heure de marche d'un village nommé Joachimsthal. Nous ne pourrons l'éviter sans nous rallonger d'une demi-journée. Malgré le fait que nous voulons demeurer incognito, le fait de marcher depuis plus d'une journée sans un vrai repas ni repos l'emporte sur notre inquiétude.

La densité des habitations augmente inversement au nombre d'arbres. La civilisation est proche. En quelques minutes, la forêt de conifères laisse place à une petite vallée bordée de chaque côté par deux magnifiques lacs aux eaux bleues royales. Un amoncellement de maisonnées aux toitures brunes ainsi qu'une immense église de briques beige semble séparer les deux cours d'eau. Toutes les routes convergent en ce lieu.

Alors que nous nous dirigeons vers le village, un fumet de cuisson atteint mes narines. La salive emplit ma bouche. Plus aucune pensée autre celle de me nourrir ne se rend alors jusqu'à mon cerveau. Mes jambes retrouvent ainsi une vigueur qui avait disparue depuis un bon moment. C'est l'heure du goûter!

Sur le chemin, il y a plusieurs travailleurs forestiers. Des bûcherons armés de scies et de haches entrent dans les bois tandis que des attelages chargés de billots se rendent au village. Comme nous entrons dans un petit marché extérieur situé au milieu de la place publique, Aleks, qui salive d'excitation, me pointe de son index une auberge dont le sceau gravé sur une plaque de boiserie représente un cerf. « Un vrai repas de viande juteuse » s'exclame-t-il d'une joie à peine contenue.

Au même moment, de l'autre côté du chemin, un homme vêtu d'un uniforme militaire et qui avait échappé à notre attention

tourne brusquement la tête dans notre direction. Je ne détourne pas la tête et je
poursuis ma marche comme si de rien
n'était. Aleks ne semble pas l'avoir remarqué, obnubilé par sa découverte. Je sens le
poids du regard de ce garde sur mon dos.
Je passe alors mon bras sur les épaules de
mon ami en l'étreignant, tel un vieux camarade à la sortie d'une taverne. Un sourire artificiel aux lèvres, je lui explique à
voix basse que nous sommes repérés. Je
sens alors son corps se raidir, mais il continue d'exprimer une fausse joie alors que
nous pénétrons à l'intérieur de l'auberge.
Je n'ai pas le temps d'y observer quoi que
ce soit. Mon regard se concentre sur la lo-
calisation d'une porte donnant accès à l'arrière de l'immeuble. Une fois celle-ci repé-
rée, tel un courant d'air, nous traversons la
salle à manger, passons sous la tablette du
bar et nous nous engouffrons dans la sor-

tie. Nous quittons ainsi les lieux aussi vite que nous y sommes entrés.

À l'extérieur, nous marchons rapidement dans une ruelle sans regarder derrière nous. Nous regagnons ensuite une rue qui nous conduit au chemin principal. Ma faim complètement oubliée, c'est maintenant l'instinct de survie qui occupe tout mon esprit. Je ne remarque plus les édifices qui défilent de chaque côté de la route. Je n'ai plus de focus que pour le poste de garde routière érigé sur l'accotement de la voie, droit devant nous, à la sortie de l'agglomération. Nous continuons d'arborer nos faux sourires tout en marchant et en ayant l'air le plus détendu possible. Je ne repère aucun mouvement suspect en provenance des gendarmes russes discutant à l'extérieur du petit baraquement. Aleks me parle en Allemand et je hoche la tête de temps à autre en laissant sortir un « Ja[14] » ou un « okay[15] » de ma bouche, bien que je n'aie aucune idée de quoi il parle. Aux abords du poste de garde, nous saluons les officiers d'un signe de tête et nous continuons notre chemin. Rien ne semble anormal.

Nous poursuivons ainsi notre démarche jusqu'au passage d'une courbe sur la route où nous perdons de vue le village derrière nous. À ce moment, toute la tension qui s'était emmagasinée dans mes jambes explose et je me mets à courir tel un pur-sang fouetté sur la ligne de départ du Derby d'Epson. Aleks sur les talons, nous parcourons beaucoup moins que les 2 000 mètres règlementaires de cette course équine épique avant d'être à bout de souffle. Nous sommes maintenant immobiles, à demi

---

[14] oui

[15] d'accord

penché avec les mains appuyées sur nos genoux, n'ayant pour seul échange que le bruit accéléré de nos expirations. Nos regards s'entrecroisent soudainement et se fixent lorsque des vrombissements de moteurs de motocyclettes retentissent en provenance du village...

9. OBLAWA (chasse à l'homme)

Les claquements de moteurs jumelés aux pétarades des silencieux s'approchent de nous comme le raz-de-marée suivant un tsunami. Aleks me prend le bras et m'entraine avec lui dans la forêt. Il me tire très fort comme si j'étais son bien le plus précieux et qu'on tentait de lui dérober. Des branches me fouettent le visage et mes pieds s'enfargent dans des racines s'extirpant du sol. J'en trébuche et me retrouve sur les genoux. Aleks, qui continue de tirer sur mon bras, est freiné brusquement par cet arrêt involontaire de ma part. Il me regarde, furieux. En une fraction de seconde, il se jette sur moi et nous projette tous les deux au sol, dissimulé sous une kyrielle de branchage de résineux.

J'observe alors le convoi de cavaliers motards défiler un peu plus loin sur la route où je me trouvais il y a quelques secondes à peine. Alors qu'ils sont sur le point de disparaître de ma vue, le pilote de tête lève son bras droit vers le ciel. Tel un groupe de nageurs synchronisés, la horde s'immobilise derechef. Le leader s'adresse à son quatuor de soldats qui hochent la tête avant de quitter la selle de leurs montures à gaz. Ils se mettent tous à scruter les boisés attentivement, en silence. Le chef de troupe utilise des longues-vues tandis qu'un autre pose un cornet contre son oreille et le tend vers les bois. Tout-à-coup, un garde un peu plus en retrait se met à crier des incantations, de telle sorte que les troupes se rassemblent autour de ce dernier en moins de temps qu'il en faut pour le dire. Ils s'enlacent telle une équipe de Rugby avant le botté d'envoi. Nous profitons de ce moment de diversion pour nous remettre sur pieds et fuir les lieux en direction opposée, nous enlisant dans la forêt profonde.

Après quelques minutes de déplacements furtifs en position recroquevillée, nous reprenons notre pleine grandeur et courrons le plus vite que nous le pouvons. Cependant, le bois est tissé serré. Il y a une multitude d'arbustes et d'aulnes qui ralentissent notre rythme. Nous trébuchons à plusieurs reprises, gracieuseté de crocs-en-jambe des habitants sylvestres. Les coups de fouet au visage se multiplient et les barrages de branches aussi. Plus petit et plus habile dans les bois qu'Aleks, je le dépasse dans cette course vers l'inconnu. Ainsi, après vingt minutes de déplacements en slalom au travers des obstacles de mère nature, je m'immobilise. Je le recherche du regard. Il n'est plus derrière moi. Ni à gauche, ni à droite. Bref, il a disparu. Les pensées se bousculent dans ma tête à cent milles à l'heure. S'est-il fracturé une jambe ou bien le crâne lors de nos nombreuses chutes? Est-ce possible que les Russes l'aient rattrapé et capturé? Est-il simplement perdu?

Heureusement, un craquement et des expirations bruyantes à une trentaine de pieds à droite de ma position me rassurent de sa présence. Je me dirige vers ces bruits, évitant quelques attaques de branchage en chemin. Je le retrouve alors en train de se débattre au travers de la flore, le front perlant de sueur, la bouche béante avec le visage blême couvert d'éraflures. Je lâche alors un « pssst », et puis un autre. Il poursuit son chemin sans aucune réaction. Je suis pourtant à quelques pas de lui. J'ose alors hausser le ton en dictant son nom. Il se tourne brusquement vers moi, le bras droit armé d'une branche et le gauche muni de ses doigts fermés. Ses yeux sont aussi ronds que des pièces de 5 zloty[16] et son regard rempli de terreur. Il me regarde sans un geste, l'écume aux lèvres, l'air absent. Je lève les mains devant moi avec les doigts ouverts en le rassurant de mon authenticité. Il cligne alors ses paupières et revient tranquillement à lui. Il expire l'air de ses poumons et baisse ses « armes », affaissant les épaules du même coup. Il adosse ensuite ses omoplates contre le tronc d'un arbre avant de m'adresser la parole à voix basse :

« - Je suis complètement épuisé Jakub.

- Je sais, moi aussi...

- J'avais tout mis mon espoir et mes énergies sur le repas que nous allions manger... et là mon corps n'en peut plus... mon estomac me fait mal tellement il est serrée. Tout mon corps tremble de faim... et de fatigue.

---

16 pièce de monnaie polonaise s'apparentant à celle du 2 dollars de la monnaie canadienne

- Attends-moi, je vais te donner quelque chose..."

Je récupère alors quelques girolles observées au sol dernière moi au préalable. Je les lui remets afin qu'il se rassasie. J'ai acquis ce talent de cueillette fongique dans mon enfance à Poznań où cette activité en est presqu'une de subsistance. Mon ami dévore les fruits de ma brève cueillette sans mot dire. Je poursuis alors:

« - Je ne comprends pas pourquoi ces soldats nous poursuivent avec tant de hargne ! Ce n'est pas la fuite d'un point de contrôle qui peut nous causer tous ces problèmes !

- ...

- Il y a autres choses, c'est certain.

- Tu sais... Jakub, je dois...

Aleks n'a pas le temps de terminer sa phrase que des aboiements retentissent derrière nous.

Mes oreilles se dressent d'un seul coup de chaque côté de ma tête, tout comme ma chevelure qui s'hérisse tels les poils couvrant le dos d'un chat apeuré. Et c'est exactement comme ça que je me sens. Les multiples cris canins laissent entrevoir au moins trois ou quatre bêtes qui dévalent en notre direction. Et à entendre leurs aboiements rauques et gutturaux, il ne s'agit certainement pas de caniches.

Comme si aucune fatigue ne nous avait habitée, nous nous redressons sur nos jambes et filons à toute allure à travers bois et branchages. Cette fois, les morsures des branches sur mon visage me sont bien égales. Tout ce que je souhaite, c'est de m'éloigner le plus rapidement possible de cette escouade armée d'incisives prêtes à nous déchiqueter en mille morceaux.

Nous courons rapidement depuis plusieurs minutes au travers de cette muraille de conifères presqu'aussi dense qu'un rideau de fer. Cependant, les grognements continuent de gagner du terrain sur nous. Peu importe nos efforts déployés, ils semblent vains. Je commence à avoir vraiment peur pour ma peau. Il faut trouver une façon de leur échapper et ce n'est pas en courant de la sorte que nous y parviendrons. J'essaie de réfléchir à un plan, mais toutes mes énergies sont concentrées dans mes jambes qui déguerpissent vers nulle part.

Soudainement, j'observe une forme en mouvement à ma gauche. C'est Aleks qui est en train de sauter sur le tronc d'un énorme pin et il se met à y grimper, se hissant de branches en branches aussi vite qu'un écureuil. Je n'ai pas le temps de lui dire qu'il s'agit d'une tactique veine puisque les chiens retraceront vite notre odeur et qu'une fois au sommet, nous y serons pris comme des rats dans une cale de navire. Je ne veux pas lui crier non plus. Déjà que notre fragrance oriente la meute, je ne leur donnerai pas une aide supplémentaire en les nourrissant du son de ma voix. Je pourrais peut-être lui lancer un gland, une cocotte ou une branche pour attirer son attention. Je cherche ainsi désespérément un projectile efficace à me mettre sous la main, mais les aboiements qui m'éclatent les tympans minent considérablement ma concentration. Soudainement, aussi vite qu'il est monté, Aleks retombe sur ses pieds devant mon regard ébahi. D'une voix directive, il me lance « il y a une clairière, droit devant nous à 500 mètres, on doit l'atteindre. Il y a des chances qu'un cours d'eau s'y trouve. L'eau est la seule chance de masquer notre odeur. Go, go, go! »

De l'être vulnérable et épuisé d'il y a à peine quelques instants, un regard de guerrier rempli maintenant les yeux de mon partenaire. Ou plutôt un regard de conquérant. C'est suffisant pour me convaincre de le suivre, ce qui de toute façon est ma seule option. Et la course est repartie, mais cette fois, nous avons un objectif à atteindre, et une ligne d'arrivée c'est tout ce qu'il faut pour faire accélérer le pas d'un coureur.

Ma course est balisée comme un tunnel. De chaque côté, des murs de verdure. Des aboiements infernaux me poussent dans le derrière. Tandis qu'une cible est dessinée dans le dos de mon ami qui me devance de quelques pas. Je ne le quitte pas du regard, comme s'il s'agissait de ma dernière lueur dans la noirceur.

Des minutes qui semblent durer une éternité nous mènent à une diminution de la densité des conifères, laissant place à quelques feuillus gringalets, puis à de longues herbes à la tête touffue. Puis, Aleks disparait devant moi comme s'il venait de tomber dans un trou. Je n'ai pas le temps d'appuyer sur le frein de mes semelles que je me retrouve tête première dans une mare boueuse, sur le dos de mon partenaire.

Sans y laisser notre reste, nous reprenons pied et déambulons dans cet étang, le niveau de celui-ci atteignant le haut de nos mollets. Notre course est maintenant une marche sinueuse où nous sommes pliés en deux, valsant dans le vide aux deux ou trois pas en glissant sur des souches ou des roches meublant le fond de la mare.

La distance des aboiements se maintient, mais leurs échos nous leurrent sur le nombre exact d'assaillants. Une chose est sûre, les maîtres sont tout aussi proches. J'entends clairement les ordres dictés en russe « attrapez-les », « tuez-les », qui me glacent le sang et me poussent à poursuivre ma course.

Devant nous, la distance entre les berges s'élargit au même rythme que celle avec les chiens se rétrécit. L'eau est plus limpide et son débit plus rapide. Cependant, j'entends maintenant les herbes et branchages flancher sous le poids des molosses sanguinaires qui sont toujours à nos trousses. J'imagine ceux-ci apparaitre à tout moment au-travers de la végétation. Mais soudainement, comme un miracle envoyé par Dieu, je perds pieds et disparais dans une fosse. Tous ces jappements et ces cris disparaissent d'un seul coup. Je suis entouré de bulles d'air coursant vers la surface pour leur salut. Les rayons du soleil sont juste assez perçants pour se frayer un chemin au-travers de la densité des eaux. Je me sens dans un autre monde, comme si je me trouvais à bord du Nautilus conduit par le capitaine Nemo.

J'aperçois alors des ombrages défiler sur la rive. Je perçois aussi des cris d'animaux et d'humains s'entremêler en une chorale lugubre. Une tige de bois transperce la surface de la rivière à proximité de mon épaule, me faisant sursauter. Une réplique arrive sans se faire attendre tout droit sur ma clavicule, me faisant oublier la douleur des brûlures causées par le manque d'oxygène dans mes alvéoles pulmonaires. Je sens que mes yeux vont sortir de leurs orbites. Je dois tenir le coup. Tenir encore quelques secondes. La douleur aux poumons disparait tout comme les cris se transforment en rumeur. Des bruits de plus en plus lointains. Mes pupilles vont trouver refuge sous mes paupières et l'eau remplit mes cavités nasales.

Je n'en peux plus. Je sors finalement mon visage de l'eau, la bouche et les narines droit au ciel en prenant bien soin d'expulser toutes les muqueuses s'y étant agglutinées. Je ne cherche pas à localiser mes poursuivants. Je me contente de recouvrir mon visage de nénufars, laissant juste assez d'espace pour y laisser pénétrer de l'oxygène. Je me recale ainsi sous l'eau, la bouche au-dessus de la surface pour seule partie de mon corps émergée. Comme siège, une souche gluante sous les fesses m'empêche de couler. Je demeure ainsi un long moment. Je me concentre sur ma respiration et mon ouïe. Je ne peux m'aventurer hors de cette position à moins d'être certain que mes traqueurs ont filé plus loin. Je suis extrêmement vulnérable et surtout épuisé. De plus, je n'ai aucune idée de l'endroit où se trouve mon ami. A-t-il eu la même chance que moi? Est-il toujours en fuite? A-t-il été capturé? Toutes ces pensées tourbillonnent dans ma tête comme l'eau autour de mes lèvres, cherchant à m'étouffer au moindre relâchement de ma part.

La lueur des cieux semble plus sombre. Je grelotte sans arrêt. Je ne sens pratiquement plus mon corps, frigorifié par la rivière. Je ne sais pas depuis combien de temps je suis dans cette position, mais je dois faire un choix. Mourir gelé ou noyé ou bien risquer une sortie et peut-être me faire dévorer vivant. C'est maintenant ou jamais puisque je sens que mes membres ne pourront plus bouger d'ici quelques secondes, immobilisés par le froid.

Je demande alors l'aide de Dieu et je puise l'énergie au plus profond de mon être. Je parviens in extremis à me hisser sur la berge en tirant mon corps hors de l'eau, m'agrippant à des tiges et racines m'offrant leur altruisme. Recroquevillé au sol, mon corps sautille comme si j'effectuais une danse de Saint-Guy. Je ne contrôle plus mes membres qui se muent dans toutes les directions. Je me souviens alors des directives apprises lors de mes expéditions estivales de scoutisme. Je dois me dévêtir au plus vite et créer une source de chaleur pour élever la température de mon centre-masse.

Non sans difficulté, j'exécute la première partie avec succès. Je parviens ensuite à me couvrir avec quelques branches de cèdre. Je récupère aussi deux bouts de bois sec avec lesquels j'effectue un mouvement de friction au-dessus d'un petit nid de paille, de cocottes et de brindilles. Mes gestes sont beaucoup trop saccadés pour créer une étincelle. Mes grelottements sont alimentés autant par le froid que par mon désir pressant de pyromanie.

L'obscurité gagne le boisé au même rythme que la température ambiante se rapproche du point de congélation. Je ne sens plus mes membres limitrophes dont mes mains et mes doigts, ce qui fait en sorte qu'il m'est impossible de poursuivre cette technique d'incendiaire. La panique s'empare alors de moi et des pensées mortuaires envahissent l'ensemble de mon cerveau. Je dois me ressaisir et vite. Je n'accepte pas de mourir gelé après tout ce chemin parcouru. Je regarde vers le ciel, désespéré, à la recherche d'un signe quelconque. C'est alors que l'étoile du Berger m'apparait au beau milieu du ciel. Son éclat me rappelle immédiatement les paroles d'espoir prononcées à de multiples reprises par Monseigneur Hlond[17] lors de ses discours ecclésiastiques, desquels je m'abreuvais.

Il ne m'en faut pas plus pour que je retrouve mes esprits. Je place alors mes mains à l'intérieur de mes aisselles, formant un « X » avec mes bras contre ma poitrine. Je me replie le torse sur les genoux et me couche sur le côté, tel un foetus. J'inspire profondément de l'air frais que j'expire dans le creux formé entre mon torse et mes cuisses. J'effectue ce stratagème à plusieurs reprises. Une petite tiédeur réconforte mon corps et nourrit ma réflexion. Celle-ci me fait alors penser au « silex ». Il s'agit de la petite pierre permettant d'activer la flamme des briquets. Bien que celui se trouvant dans mes poches soit complètement noyé, la roche devrait toujours fonctionner.

―――――――――――――――――――

17 Auguste Hlond, Archevêque de Poznań de 1926 à 1946

J'étire donc un de mes bras et saisis une patte de mes pantalons, les tirant tout près de moi. J'enfouis ma main dans tous les espaces possibles de mon habillement détrempé abandonné précédemment. Quelques secondes me suffisent pour localiser l'objet. Je rapproche le tout près de mon visage recouvrant mon fagotin de fortune et me recouvre la tête de quelques abattis pour former une tente à l'abri des intempéries. Je frotte vigoureusement deux morceaux de silex ensemble pour créer de la friction tout en soufflant légèrement.

Soudainement, de petites flammèches orangées jaillissent de ma manoeuvre et se déposent sur le nid de paille. Aider de mon souffle, une flamme naît du néant et illumine l'obscurité. Au même moment, une voix brise le silence ambiant « ce n'est pas très prudent de faire un feu! »...

10. OBJAWIENIE (Révélations)

Ça fait déjà un certain temps que le crépitement du feu constitue l'unique entrave au silence de la forêt. Devant moi, se dessine l'immensité de la nature teintée d'ocre, de marine, de noir et de diverses strates de gris. Un décor terne, mais qui me convient parfaitement tant que rien n'y bouge. Derrière moi, quelques soubresauts des flammes éclairent timidement le visage crasseux d'Aleks. Les yeux cernés et le regard vide, il fixe le spectacle de ballet interprété intimement pour lui, par quelques étincelles tournoyantes par ci, par là. C'est mon troisième tour de garde de la nuit. Nous interchangeons nos rôles aux demi-heures.

Depuis qu'Aleks m'a retrouvé en train d'allumer des brindilles, nous n'avons pratiquement pas parlé. Nous nous sommes contentés d'échanger quelques mots sur les règles à suivre pour le déroulement de la nuit, sachant très bien qu'il s'agit d'une entreprise très risquée que de se réchauffer auprès de la braise en ces lieux fourmillant de chasseurs à nos trousses. Cependant, vu mon état physique frôlant l'hypothermie, il n'y avait guère d'autres options.

***

Je me sens dès lors revigoré. Mon bain glacé dans la rivière réveillerait certainement le plus comateux des paresseux. Mon regard est maintenant aussi vif que celui d'un chat et mon ouïe aussi sensible que celle d'une chauve-souris. Perché sur la branche d'un vieux mélèze, je suis à l'affut. Telle celle d'un hibou, ma tête pivote dans tous les sens au moindre tressaillement de la quiétude nocturne. Rien ne m'échappe. Ni le bâillement d'une chouette de l'Oural, ni la reptation d'une couleuvre à collier, ni même le bruissement d'ailes d'un frelon égaré. Pas de signe de nos poursuivants. Et cela m'inquiète. Ils ont mis tant de hargne à nous pourchasser qu'il me semble très improbable qu'ils aient abandonné aussi facilement. Ils étaient pourtant sur le point de nous attraper. Peut-être attendent-ils la clarté du jour pour effectuer une nouvelle battue? Ou peut-être sont-ils positionnés, tout comme moi, à l'orée des bois, n'attendant que notre passage dans un guet-apens?

Mais pour l'heure, d'autres questions sans réponse me tenaillent l'esprit. Tout d'abord, comment Aleks s'est-il enfui ? Je me souviens l'avoir vu disparaître tout comme moi dans la rivière. Je ne l'ai cependant plus revu par la suite, quoique mon attention était dédiée presqu'entièrement à ma respiration subaquatique. Vu son accoutrement, je prétends qu'il est possiblement sorti de l'eau et s'est trouvé une cachette sur l'autre rive. Il est entièrement couvert de boue avec quelques feuilles sur les cheveux et la barbe. De plus, ses vêtements ne semblent pratiquement pas trempés. C'est quand même surprenant que les chiens n'aient pas reniflé son odeur. Je ne doute pas de la fidélité de mon partenaire, mais serait-ce possible que les Russes l'aient capturé, torturé et renvoyé en forêt pour se rendre jusqu'à moi? Bien que la noirceur nuise à ma vision, il me semble aussi avoir observé plusieurs ecchymoses sur son visage. Peut-être un résultat de sévices corporels affligés par l'ennemi?

Je dois cesser cette paranoïa. Ça ne fait que me gruger de l'intérieur et brûler mon énergie si précieuse. Dans mes efforts pour me changer les pensées, je refais le parcours de mon voyage depuis que j'ai quitté Poznań. Je ressasse toutes ces rencontres inédites et ces lieux nouveaux découverts. Cependant, mon odyssée imaginaire bifurque immanquablement vers notre journée de fuite qui a marqué la veille. Je me questionne sur le « pourquoi » d'un tel déploiement militaire pour deux jeunes hommes ayant omis un point de contrôle. Je revois dans ma tête les yeux suspicieux, presque apeurés de ce soldat croisé au village hier matin. Il n'a pas hésité à nous dénoncer. Aucune interpellation ou questionnement. Peut-être y-a-t-il erreur sur la personne? Peut-être que nous ressemblons à des criminels recherchés ou des à espions? Je me souviens avoir parlé de cette sensation à Aleks et celui-ci semblait perplexe, voire embarrassé. Il me semble même qu'il allait s'exprimer sur le sujet quand la meute s'est mise à nos trousses. Je commence à croire qu'il en sait peut-être plus que moi sur le sujet.

Bien que ça fasse maintenant plusieurs jours que nous voyageons ensemble, nous ne savons pratiquement rien sur nos vies antérieures. Mon ami ne connait pas les détails concernant l'origine de ma fuite, tout comme je ne connais pas les siens. Il s'agit d'une chasse gardée que nous avons mutuellement décidé de conserver chacun pour soi, par amitié et par respect. Cette omission qui faisait volontairement mon affaire, laisse maintenant tramer un doute dans mon esprit. Qui est réellement Aleks? Pourquoi a-t-il voulu quitter la Pologne? Et de surcroit, avec un parfait inconnu? La suite d'évènements des dernières heures a créé une multitude de questions qui méritent des réponses. Espérons que cela ne tardera pas.

Malgré ma pléiade de scénarios mentaux, la nuit se déroule dans le calme. Nous alternons les tours de guet jusqu'à l'aurore, dans le silence le plus complet. Étant le dernier à jouir de la chaleur du brasier, j'en profite au maximum sachant très bien que la pâleur des cieux sonne le glas de notre trêve. J'observe au même moment mon partenaire descendre de son perchoir. D'un pas lent, les yeux rivés au sol, il déambule en ma direction. À proximité de moi, il me lance sèchement « on y va, c'est par là! ». Il poursuit sa marche sans me jeter un seul regard.

Je le laisse aller, n'ayant aucunement l'intention de le suivre, pour le moment. Aleks disparait derrières la flore. Il réapparaît moins d'une minute plus tard. Il me regarde d'un air interrogateur en haussant les épaules. Voyant mon inertie, il marche rapidement jusqu'à moi et m'interroge:

« - Qu'est-ce que tu fais?

- Pourquoi tu sais qu'il faut aller par-là?

- ...parce que c'est la bonne direction!

- Pourquoi en es-tu si certain?

- Mais qu'est-ce que cet interrogatoire? Tu ne me fais pas confiance ou quoi?

- ... »

Constatant mon silence et mon regard insistant, il baisse la tête et se rapproche de moi, d'un air penaud. Me priant de le suivre avant que les Russes ne reviennent et son manque de conviction me convainc de le confronter sur le champ:

« - Où étais-tu tout ce temps? Comment as-tu fait pour échapper aux gardes, mais surtout aux chiens?

-...je...j'ai... »

Sa tête s'affaisse vers l'avant et ses épaules se mettent à sursauter. Je crois percevoir un sanglot. C'est alors qu'il plonge son regard triste dans le mien. Ses yeux sur le point de se noyer dans ses larmes, il prend une grande inspiration avant de débouler d'un trait tout son récit. Sur un ton monotone, comme absent, il me relate ainsi qu'une fois qu'il est tombé dans la rivière, il a vite paniqué car il ne nage pas très bien. Il a réussi à remonter sur la rive opposée en s'agrippant à une branche. Il a ensuite rampé au sol durant quelques mètres. Voyant les chiens et leurs maitres fouiller l'autre berge, il est demeuré étendu dans l'herbe et la boue, tétanisé par la peur. Une fois ceux-ci passés, il s'est recouvert de vase pour cacher son odeur. Il était certain que je m'étais noyé puisqu'il ne m'avait pas vu remonter à la surface et aucun cri n'indiquait ma capture. Après un certain temps, les aboiements se sont tus. Il s'est ainsi rapproché de la rivière, à ma recherche. C'est alors qu'il est tombé face à face avec un éclaireur. Il ne lui a pas laissé le temps de héler et il l'a heurté au visage avec un bâton. Ils se sont échangés une multitude de coups jusqu'à ce qu'Aleks heurte son assaillant d'une roche à la tête. Voyant qu'il ne bougeait plus, il a jeté l'homme dans la rivière remplissant ses vêtements de cailloux pour qu'il rejoigne le fond. Voyant qu'il était vain de me chercher, il s'est ensuite mis en route en direction opposée quand des lueurs dans la pénombre ont attiré son attention. Et c'est là qu'il m'a retrouvé.

J'observe mon ami, silencieux devant moi, perdu dans ses pensées. Il semble démoli par ce qui s'est passé, par ce qu'il a fait. Son histoire me semble crédible. Ses multiples meurtrissures vont en ce sens. Je ne peux en être totalement sûr. La seule façon serait de voir le corps du soldat abandonné dans les eaux, mais s'il manque vraiment à l'appel, il y a de fortes chances que ses camarades le cherchent dans le secteur. Et je n'ai pas réellement envie d'aller à la chasse au cadavre.

Ne laissant aucun répit à mon compagnon, je le questionne immédiatement sur ce qu'il pense de cet acharnement démesuré à notre égard de la part de ces soldats. Son regard se relève du sol et se pointe de nouveau dans le mien. D'une voix calme il soupire et ajoute: « Sur le pont, lors de notre traversée, j'ai raté ma partie du plan. Je n'ai pas eu le temps de jeter le paquet à l'eau. J'ai été surpris par un soldat sorti de nulle part. Quand il a tenté de saisir son arme, je l'ai poussé par-dessus la rambarde et il est tombé à l'eau. Je ne l'ai pas vu remonter à la surface. J'imagine qu'il est mort... et j'imagine aussi que le soldat croisé avant d'embarquer sur le pont nous a dénoncés comme suspects... »

Cette révélation me stupéfait. D'une part, je suis inquiet puisque mon ami a peut-être tué deux hommes dans la même journée. De plus, cette confession me choque aussi car Aleks a omis volontairement de me dire que notre plan sur le pont avait échoué. Bien qu'il ne semble pas avoir commis ces gestes volontairement, ces omissions sèment un doute sur l'intégrité de notre duo. Si nous ne pouvons pas compter l'un sur l'autre, en qui pouvons-nous avoir confiance?

Pour le moment, je n'ai pas le loisir de méditer bien longtemps sur la question puisqu'il y a de fortes chances que les lieux grouillent bientôt de Russes à la recherche de leur camarade disparu. Deux options s'offrent donc à moi. Soit que j'en veuille à mon compagnon et que nous faisons bande à part, soit je passe outre ce mensonge et que nous repartons ensemble en laissant ce malentendu derrière. Je choisis la seconde option, pour le moment...

Aleks semble sentir la colère qui se dégage de mon mutisme. Il se confond en excuses. Nous convenons ensuite d'un pacte de sincérité et de loyauté. Nous reprenons notre marche derechef. Nous avons déjà perdu trop de temps et le soleil est maintenant bien présent au-dessus de l'horizon. C'est mon complice qui guide la marche. Son sens de l'orientation me surprend toujours puisqu'à environ un mille de marche, nous apercevons une route au travers des aulnes et branchages. Nous longeons celle-ci en retrait à une distance d'environ 100 pieds afin d'éviter de possibles patrouilles. La végétation est dense et ralentit considérablement nos pas. Même un lièvre aurait de la difficulté à y circuler. La prudence est certes de mise, mais la fatigue a tôt fait de nous rattraper.

Cependant, notre stratégie porte fruit. Après une autre heure de bataille ardue avec la végétation, nous découvrons un bataillon d'une dizaine de soldats à moto. Les hommes aux aguets de chaque côté de la route sont positionnés sur une hauteur, de telle sorte que leur vision doit s'étendre sur une vaste parcelle de terrain. Heureusement pour nous, aucun chien en vue. Nous décidons donc de nous immobiliser afin de limiter tout bruit. Étendus au sol de tout notre long et dissimulés sous quelques branches de cèdres, nos regards ne quittent pas les troupiers de vue. Les minutes deviennent bientôt une heure et puis deux. Nous avons élaboré quelques stratégies lors de séances de chuchotement, mais elles nous semblent toutes trop risquées pour le moment.

Alors que mon espoir s'amenuise, l'escadron s'agite soudainement. Des cris retentissent de toutes parts et les hommes se mettent à dévaler sur leur engin en direction opposée à la nôtre. C'est notre chance. Dès que les vrombissements s'éloignent, nous prenons nos jambes à notre cou et traversons la route avant de s'engouffrer dans les bois de l'autre côté de celle-ci. Nous gagnons rapidement un ruisseau dans lequel nous marchons pendant plus d'une heure jusqu'à ce que nous atteignions un barrage de castor. Je me hisse alors sur celui-ci et repère d'énormes rochers formant une cave. Nous nous y rendons afin de se reposer quelques minutes.

Alors que je m'adresse à mon ami pour faire le point, je constate qu'il s'est assoupi. Je vais donc faire le guet quelques minutes, histoire qu'il reprenne des forces. J'entreprends alors une bataille contre le poids de mes paupières qui s'affaissent devant mes pupilles avec une lourdeur insupportable. Un combat que je perds rapidement...

11. BLISKO BRAMKI (Près du but)

Un frisson traverse l'ensemble de mes membres et me fait sursauter. Ce mouvement brusque et sec de mon corps réveille aussi mon ami endormi au sol à quelques pas de moi. La température qui doit maintenant osciller près du point de congélation ainsi que la faible luminosité qui traverse le couvert forestier me laissent présager que nous avons dormi plusieurs heures. Je m'en veux énormément. Quelle erreur de ma part de m'être assoupi ainsi. Nous aurions pu être attaqués à tout moment et ce n'est pas l'image d'Aleks suçant son pouce qui aurait attendri de possibles assaillants.

C'est notre premier sommeil depuis plus de quarante-huit heures. Malgré la nuit qui approche, il faut reprendre la route. Nous ne pouvons prolonger notre présence en ce lieu plus longtemps, risquant d'être repéré à tout moment.

Après quelques étirements, nous quittons notre foyer de fortune. La douleur de mes articulations me rappelle les efforts déployés dans les derniers jours. Les pieds me brulent au fond de mes bottes à chaque pas déposé au sol.

Heureusement, nos déplacements sont facilités par la présence de petites clairières éparpillées tout au long du ruisseau que nous longeons sur plusieurs kilomètres. De plus, la présence de nombreuses étoiles dans le firmament dénué de nuage me permet de repérer les constellations aidant mon orientation. Comme enseigné par mon chef scout lors de mes nombreuses expéditions, je repère la Grande Ours ainsi que sa petite soeur. Le tout facilite le repérage des points cardinaux. C'est donc en ouest que nous poursuivons nos déplacements, en direction de la liberté.

Au petit matin, nous rejoignons un sentier qui nous conduit ensuite à une petite route de terre en bordure d'un champ. Le soleil n'est pas encore levé que déjà plusieurs cultivateurs s'y affairent pour récolter la moisson. Armés de faux, de fourches ou de pelles, personne ne porte attention à notre présence. Ils sont tous trop occupés par leurs besognes. Des tas de foin sont dispersés de part et d'autres de la clairière. Le ciel est toujours dégagé, laissant croire qu'une autre journée de météo clémente nous attend. Bien que nous ayons marché en direction ouest ou sud-ouest pratiquement toute la nuit, nous n'avons plus aucune idée de l'endroit où nous nous trouvons, n'ayant croisé aucun village. Il faut dire que nous tentons de les éviter ainsi que les possibles militaires s'y trouvant. Je me demande réellement où nous sommes rendus car la dernière nuit s'est déroulée sans embûches et notre cadence fut beaucoup plus rapide que les jours précédents.

Un hennissement me sort de mes pensées. Une carriole tirée par un cheval obéissant aux commandes d'un jeune homme roule tranquillement derrière nous. Après quelques minutes, l'équidé brun à la crinière noire hirsute passe d'un pas lent à notre gauche. Son cavalier, âgé d'au plus douze ans, nous regarde de ses yeux bleus, arborant un sourire fendu jusqu'aux oreilles. La brindille de foin à la bouche, son chapeau de paille ainsi que sa culotte bavaroise souillée de terre me confirme que nous sommes toujours en Allemagne. Le contraire aurait été désastreux.

Lorsque l'assise de la remorque hippomobile arrive à notre hauteur, le chauffeur s'adresse gaiement à nous d'un Allemand que seul Aleks est en mesure de saisir. Bien entendu, mon ami se garde de me traduire immédiatement la conversation afin de ne pas trahir notre nationalité au gai luron. Qui sait à qui il pourrait aller bavasser la présence de Polonais errant dans cette partie du pays. Mon comparse se contente de me chuchoter le conseil de garder le sourire en bouche, ce que je m'empresse d'appliquer. Une discussion se déroule ensuite entre le conducteur et mon ami[18]:

« - Bonjour messieurs! Quoi de neuf?

- Quoi de neuf! s'empresse de répondre Aleks.

- C'est ma première journée comme maître de livraison de la ferme, répond le jeune homme heureux comme un paon.

- Je vois que tu es en plein contrôle mon ami!

---

[18] traduite par Aleks un peu plus tard

- Merci messieurs, rétorque le pilote avec le torse bombé de fierté;
- Ton cheval semble tout en force, complimente Aleks.
- Il l'est. C'est le plus fort et le plus vaillant de notre ferme!
- Impressionnant... crois-tu que sa force lui permettrait de transporter deux passagers supplémentaires?
- Certainement mes amis! »

C'est ainsi que nous devenons passager de la carriole de la ferme de la famille Feldmann.

La vitesse de déplacement de la carriole n'est guère plus rapide que celle de nos pas, mais c'est tellement agréable de se déplacer sans fournir d'effort et c'est surtout reposant pour mes pieds qui chauffent tel un volcan sur le point d'entrer en éruption. Durant le trajet, je m'évade dans mes pensées pendant que les deux nouveaux

« amis » discutent allègrement. J'en profite aussi pour observer le paysage. Celui-ci n'est pas si différent de la Pologne de mes souvenirs, soit celle de l'avant-guerre. J'étais jeune au 1er septembre 1939 lorsque les Allemands ont envahi le pays. Je devais être âgé d'à peine 7 ans lorsque le président du conseil des ministres Skladkowski[19] a annoncé à la radio que l'Allemagne envahissait l'Est du Pays. Mes souvenirs se sont figés à cette époque. C'est comme si une cassure s'était alors créée dans ma mémoire. Avant la guerre, mes souvenirs sont remplis de champs verdoyants remplis de fleurs et de papillons. Les forêts y sont illuminées par le soleil et elles débordent d'animaux qui gambadent. Le tout défile dans ma tête au ralenti avec de magnifiques couleurs et des chants d'oiseaux. Cepen-

---

[19] Felicjan Sławoj Składkowski, président du Conseil des ministre de la Pologne du 15 Mai 1936 au 30 septembre 1939.

dant, ceux qui suivent ce génocide sont plutôt teintés de gris, comme les pages ternes d'un journal sans photo. Ce qui est surprenant, c'est que les champs qui s'offrent à mes yeux me réconfortent.

Je me rends ensuite compte que la fréquence des habitations augmente au fur et à mesure que les sabots de la monture nous tirent. J'observe aussi des véhicules automobiles qui roulent au loin sur une route passante. La civilisation est proche. C'est alors qu'Aleks s'approche de moi en me regardant avec des yeux immenses, remplis d'excitation, qui ne demandent que d'être partagée. Il me chuchote alors « Nous sommes à sept kilomètres de notre but! ». Le temps s'arrête. Ses paroles résonnent dans ma tête tel l'écho d'un cri dans les montagnes. Elles se répètent en moi à plusieurs reprises, mais je ne parviens pas à réaliser toute leurs significations, comme si mon cerveau n'assimilait pas des mots prononcés en une langue inconnue. Il se passe plusieurs minutes avant que mon esprit s'éveille enfin. C'est alors qu'une vague d'euphorie se met à déferler dans mes veines pour faire fourmiller l'ensemble de mes membres. Cette houle se dirige droit vers ma gorge et ne demande qu'à en être expulsée en un cri de joie. Je dois cependant retenir cette émotion pour ne pas alarmer notre cocher. J'ai l'impression que tout mon corps tremble sur place, mais il n'en est rien.

Les trois kilomètres nous menant à la ferme des Feldmann me semblent interminables. J'ai tellement hâte de partager ma joie avec Aleks que je ne porte plus attention à ce qui se passe près de moi. Mon esprit est déjà rendu à Berlin. L'arrêt de la carriole me fait retrouver la réalité. Une fois le plancher des vaches retrouvé, c'est sur un «Tschüss[20] » avec la main en l'air que nous saluons notre chauffeur d'occasion. Ce dernier quitte la route principale et se dirige vers des silos en empruntant une allée de terre battue.

En me tirant par le bras afin que nous poursuivions notre route loin du regard du fermier et de sa famille, Aleks me relate la conversation qu'il a entretenue avec le jeune Feldmann. Comme couverture, mon ami lui a dit que nous allions voir un oncle très malade dans la grande ville. Le garçon a alors expliqué que la ville était scindée en deux, soit une partie Est et une partie Ouest. La partie orientale est entièrement gérée par les soviétiques. Pour ce qui est de la partie occidentale, elle serait séparée en districts appartenant respectivement aux Français, aux Britanniques et aux Améri-

---

[20] bye bye

cains. Mais le jeune homme ne s'y est jamais rendu donc il ne pouvait pas en dire plus. Selon lui, toutes les routes de la ville sont gardées et contrôlées par des soldats armés. Cela suffit pour noyer la vague d'euphorie qui m'envahissait quelques minutes auparavant... Aleks explique aussi que l'Allemagne est sur le point de renaître, mais il n'a pas bien saisi ce que ça voulait dire. Lorsque je lui demande si le jeune Feldmann l'a questionné sur les raisons de mon mutisme, Aleks m'explique qu'il lui a simplement répondu que j'étais sourd et muet... Bravo!

Nous poursuivons notre marche vers la ville qui se dévoile peu à peu sous l'horizon. Les bâtiments agricoles et les verts pâturages font rapidement place à des résidences grisâtres qui ne semblent que partiellement occupées. Il y a aussi une multitude d'immeubles dont certains murs sont complètement détruits ou bien d'autres où les fenêtres fracassées ont été remplacées par des planches de bois. Des matériaux gisent au sol de manière éparse. Ils semblent y être depuis des lustres, due à l'accumulation de poussières et de gravats les recouvrant. Les chevaux sont maintenant absents du chemin, remplacés par des véhicules motorisés, pour la plupart rouillés et raboutés. C'est un curieux mélange entre passé et futur. Un véritable voyage dans le temps effectué en moins de deux kilomètres. Les gens fixent le sol et déambulent sans trop d'entrain.

Tout en marchant, impressionnés par ces nouveaux lieux, nous discutons d'une stratégie pour pénétrer dans l'enceinte de la ville. J'opte pour une entrée discrète par les bois et la rivière. Ensuite, on aura qu'à se dissimuler dans les ruelles pour atteindre le secteur Ouest. Mais après discussion, nous réalisons que nous risquons beaucoup plus d'alarmer les habitants du secteur. De plus, il est difficile de connaitre l'allégeance réelle des Allemands. Acceptent-ils la gestion des envahisseurs ou se rebellent-ils? Les affiches de propagande observées sur les murs d'immeubles du secteur illustrent unilatéralement la faucille et le marteau, donc pas de risque à prendre.

La stratégie d'Aleks repose plutôt sur une entrée plus directe. Il propose d'obtenir de faux documents d'identités et de se présenter directement à un poste de contrôle pour ensuite pénétrer la ville en toute « légalité ». L'idée est bonne, mais il me semble qu'il soit un peu tard pour ça. C'est comme si nous revenions au point de départ. Finalement, peut-être que Tobiasz, l'ami de la famille, avait raison pour les pièces d'identité falsifiées. De plus, ce plan nécessite encore une fois de discuter avec des gens. Ça implique donc de nous compromettre face à des gens qui n'aiment probablement pas les Polonais, les associant, avec une certaine raison, aux soviétiques. Il faut dire que l'armée d'envahisseur Russe était composée en partie de soldats polonais.

Ça implique aussi de devoir discuter en Allemand ou bien en Russe. Je comprends la seconde langue relativement bien pour m'être fait ordonner et insulter à de multiples reprises par les dirigeants de l'Organisation des jeunes communistes, mais ma connaissance de celle-ci ne me permet pas de passer inaperçu lors de discussion. Quant à l'Allemand, je ne peux que balbutier quelques mots. Ça veut donc dire que je dois encore une fois confier mon avenir entre les mains de mon partenaire, ce qui ne me plait guère. Mais pour l'instant, je n'ai pas mieux à proposer.

C'est assis dans un bâtiment abandonné que nous observons les passants au travers un vieux carreau crasseux. Aleks m'explique comment repérer les gens « louches » du secteur. Je comprends alors que ce type de faune lui est bien acquis. Peu de temps avant que l'obscurité ne s'installe, nous avons repéré un garçon usant de ses airs de clochard pour trafiquer quelque chose. Mais quoi? Ses va-et-vient fréquents entre trois bâtiments ainsi que le changement de volume de son habillement, comme s'il y dissimulait des objets, ont vite fait d'alerter mon partenaire. Je dois avouer qu'il a un réel talent pour ce type d'opération.

C'est non sans réserve que j'accepte d'accompagner Aleks afin de suivre ce « clochard », mais ai-je vraiment d'autres options? Nous n'avons plus rien à manger et pas d'endroit sécuritaire où passer la nuit. Dire que nous sommes si près du but, c'en est choquant.

C'est ainsi que la filature de notre cible commence. À distance, nous gardons un oeil sur l'itinérant. Pour ma part, je marche d'un air désinvolte à la remorque de l'homme, une trentaine de mètres plus loin. Aleks, lui, simule une lecture d'un feuillet de l'autre côté du chemin. L'individu tourne alors à gauche dans une ruelle, comme il l'a fait une dizaine de fois pendant notre surveillance préalable. Mon partenaire se déplace subtilement pour garder un oeil sur le sujet. J'attends alors son signal pour m'y engager. Un signe de tête positif me confirme d'y aller. J'emprunte donc le chemin de terre battue coincé entre deux immeubles de briques. Dès que mon regard s'y pose, l'homme n'y est plus. C'est pratiquement impossible, il y a au moins cinquante mètres à parcourir avant la prochaine intersection. À moins qu'il y ait une entrée quelconque dans un des bâtiments longeant la ruelle. Je recherche donc cette issue inconnue en arpentant les lieux du regard tout en me déplaçant plus loin sur ce sentier parsemé de débris et de détritus.

Soudainement, sortant de ma gauche, une ombre se jette sur moi. Je me sens alors projeté contre le mur opposé. L'arrière de ma tête heurte la brique, me faisant perdre mes sens. L'ombre m'adosse ensuite contre le mur. Je sens mes pieds se soulever du sol. Alors que je reprends mes esprits, je sens la froideur de l'acier s'appuyer contre ma pomme d'Adam. J'observe alors le visage crasseux de l'homme que je suivais se dessiner sous l'ombre d'un capuchon. Ses yeux, d'un vert émeraude, percent la noir-

ceur. Sa voix dégageant une haleine pestilentielle s'adresse alors à moi en Allemand:
« Schmutziger Dieb, ich werde dich
töten[21]».

----

21 « Sale voleur, je vais te tuer »

12. SZARE MIASTO (La ville grise)

Je sens la peur qui me traverse l'épine dor-
sale tel un gros frisson. Mes pupilles
s'agrandissent de telle sorte qu'elles en-
gloutissent le bleu de mes iris. Ma respiration devient rapide et saccadée. Mon pouls
s'accélère drastiquement remplissant mes
artères de sang oxygéné, faisant ainsi gon-
fler mes carotides jusqu'à ce que je puisse y
sentir la lame pénétré ma peau. Ma frayeur
tétanise mes gestes. Mes muscles refusent
d'obéir aux commandes de mon cerveau
qui ordonne une réplique à mon agresseur.
L'assaillant malodorant continue de me
lancer des attaques verbales en Allemand.
Je ne sais pas si ce sont les paroles que je
ne comprends pas ou bien le manque de
prononciation de mon belligérant, mais les
mots qui sortent de sa bouche résonnent
dans mes oreilles comme des rugissements
lointains.

C'est alors qu'une voix familière se met à crier en notre direction en provenance de ma gauche. Tranquillement, mon ravisseur relâche la pression de son arme contre ma gorge. Mes talons regagnent ensuite le sol. L'homme recule doucement en ne quittant pas l'interlocuteur inconnu du regard. Il lève ensuite les mains vers le ciel, laissant tomber sa lame. Comme si on venait de me lancer un sceau d'eau glacé sur la tête par un temps caniculaire, je sors de ma transe et me lance sur l'arme blanche gisant par terre. Je me relève aussi vite que je m'y suis jeté et je pointe alors le couteau vers l'ennemi. Je ne vois que lui devant moi. Il se retrouve au centre d'un tunnel et son corps est illuminé comme une cible dont je suis prêt à poignarder de toutes mes forces.

Alors que j'ai le bras armé dans les airs et que je suis sur le point de transpercer mon assaillant, des paroles polonaises me stoppent: « Arrête Jakub, arrête! Je l'ai en joue! ». Je m'immobilise d'un coup. Le corridor visuel s'étant créé autour de ma cible disparait soudainement. La silhouette d'Aleks se dessine aussi devant mon regard, à l'embouchure de la ruelle. Ce dernier, pointe un canon en direction de mon agresseur. À la fois surpris et soulagé, je prends quelques grandes respirations tout en gardant mon arme pointée vers l'inconnu. Mon coeur bat toujours la chamade. Mon ami se rapproche d'un pas lent vers ma position, tout en dictant des ordres au clochard. J'y comprends que si ce dernier fait un geste, il sera tué. Celui-ci ne bouge pas d'un poil, comme hypnotisé par son interlocuteur.

Aleks me demande ensuite de ligoter et de fouiller le malotru. Je lui attache alors les mains derrière la taille avec un fil d'acier récupéré dans des décombres amassés au sol. Par la suite, j'explore tous les interstices vestimentaires de notre inconnu et je m'en approprie le contenu. Étonnamment, je n'ai aucune hésitation. En temps normal, je me serais senti mal à l'aise, mais il faut dire que cette crapule a failli mettre fin à mes jours. Quelques instants plus tard, le compte y est. Le bagage du clochard est composé de plusieurs documents manuscrits, un plan et une grande quantité de Reichmark[22].

Nous assoyons l'homme adossé contre un mur et examinons ses paperasses. Mon partenaire m'explique qu'il croit que l'individu est en fait un messager pour une organisation interlope. Les textes sont sûrement cryptés car ils sont incompréhensibles pour nous. On dirait un mélange de

____

22 unité monétaire de l'Allemagne de 1924 à 1948

plusieurs langages. Il y a de l'alphabet cyrillique ainsi que du latin en plus de certains symboles des langues méditerranéennes. Bref, un vrai charabia.

Alors que nous discutons de ce que nous pourrions faire de nos acquisitions, notre prisonnier se met à nous parler dans un polonais approximatif:

« - Vous polonais. Vous espions?

- ... (Aleks et moi incrédules)

- Vous tuer moi? Vous avoir gros problèmes si ça!

- C'est toi qui m'a attaqué sale bandit! lui crachais-je au visage.

- Moi juste défendre.

- Sale menteur! »

Alors que je suis sur le point de frapper ce crétin d'un coup de pied, mon ami retient mon élan en appuyant son bras sur ma poitrine et me pousse légèrement à l'écart. Il me regarde dans les yeux et m'explique à voix basse qu'on peut se servir de cet homme pour arriver à nos fins. Dubitatif, je le laisse entretenir la conversation, car une seule envie bouille en moi, soit celle de donner une bonne correction à ce bandit.

Aleks se met ainsi à parlementer avec l'homme. Il lui parle lentement, en Polonais afin que je comprenne tout ce qui se dit, ce que j'apprécie. Mon ami lui explique que nous avons besoin de faux documents et que c'est lui qui va nous en procurer. Il ajoute ensuite qu'il nous faut le tout pour demain matin. En échange de ces papiers, nous lui redonnerons l'entièreté de ce que nous lui avons saisi. Les mouvements rapides de ses yeux, qui regardent mon ami et le vide en alternance, me laisse croire que le faux clochard semble réfléchir à la proposition. Après quelques secondes silencieuses, l'homme ouvre enfin la bouche. D'une voix nasillarde, il explique que ça peut prendre plusieurs jours, voire semaines pour obtenir de tels documents et que même lui aurait de la difficulté à en obtenir.

Je sens mes oreilles et mes joues rougir sous la pression sanguine causée par la rage qui m'habite en entendant ces paroles qui me semblent tout aussi malhonnêtes que leur auteur. Mais avant que je ne puisse le corriger, le captif s'exprime de nouveau. Il nous lance qu'il a peut-être une autre solution pour nous si notre objectif est de passer à l'Ouest. Bien que nous n'ayons rien dit de notre plan, il faudrait être un fou pour ne pas comprendre ce que deux polonais égarés font en ce lieu à la recherche de pièces d'identité. Voyant bien nos regards intrigués et constatant notre mutisme face l'attente de ses dires, le clochard se bombe le torse et prend une grande respiration comme s'il se prenait pour Moïse s'apprêtant à dicter les dix commandements de Dieu.

Notre prisonnier nous explique alors que le vrai défi n'est pas de passer vers les quartiers alliés puisqu'il n'y a que quelques points de contrôle aux abords de la rivière Sprée ainsi que certaines patrouilles aléatoires. Le vrai défi est plutôt de pénétrer dans la ville comme telle, puisque les routes praticables sont plus rares et dispersées aux extrémités de celle-ci. Les communistes y ont installé des barrières hautement gardées pour empêcher les étrangers de pénétrer la zone urbaine mais surtout pour éviter l'exil de la population vers l'Ouest. Selon lui, celle-ci sert pratiquement d'esclaves pour leur régime. Seul les gens y possédant un laissez-passer pour leur lieu de résidence, pour le commerce ou bien pour fins diplomatiques peuvent pénétrer la ville selon ses dires.

Le ton et les propos de notre détenu me laisse croire qu'il n'est peut-être pas contre nous après tout, mais je demeure tout de même sur mes gardes. Ainsi, il nous explique qu'en échange d'un peu d'argent, il pourrait nous trouver un « passeur » fiable. Il s'agit d'individu qui facilite le passage à l'Ouest de gens comme nous, contre rétribution monétaire bien entendu. C'est alors qu'Aleks, qui a gardé son calme jusque-là, prend l'homme à la gorge et lui écrase la nuque sur la brique recouvrant le mur derrière lui. Il lui siffle alors qu'il n'est pas en moyen de négocier et que l'argent que nous avons récupéré dans ses poches servira à rémunérer notre entrée dans la cité. Mon partenaire fait bien attention d'expliquer qu'un seul faux pas de sa part fera disparaître le contenu saisi sur lui à jamais. Les yeux ronds et la bouche béante du clochard ainsi qu'un hochement de tête vers l'avant démontre qu'il a bien compris le message.

Quelques instants plus tard, nous libérons notre hôte qui quitte dans la même direction vers laquelle il se dirigeait avant l'escarmouche. Aleks lui a préalablement donné un point de rendez-vous lorsque la mission sera exécutée. C'est à ce moment qu'il pourra récupérer ses biens. Lorsque notre nouvel allié quitte notre champ de vision, nous rebroussons chemin. Nous marchons discrètement et séparément vers le bâtiment abandonné duquel nous avions pris position plus tôt et qui nous servira de lieu de rencontre ultérieurement. Comme suggéré par mon ami, je m'installe sur le toit d'un immeuble voisin afin d'observer les lieux furtivement pendant que celui-ci s'engouffre dans notre planque. L'obscurité de la nuit, qui est maintenant bien installée, facilite grandement mon camouflage.

Les lieux sont maintenant déserts. Le ciel couvert laisse tomber quelques gouttelettes. La brise de la journée fait place à des bourrasques de vent qui chassent la chaleur de mon corps. La nuit est fraiche et l'interminable attente a fait disparaitre la confiance en notre plan. Des spasmes de grelottements m'empêchent de sombrer dans le sommeil. Je regrette alors de ne pas être à la place de mon ami, à l'abri les intempéries.

Plus les nuages filent sous les étoiles, plus mon imagination se crée des scénarios impliquant notre nouveau complice. Je visualise celui-ci arrivé en compagnie de ses partenaires armés jusqu'aux dents et voulant récupérer leurs dus. Ils nous tabassent jusqu'à ce qu'un de nous craque et dénonce l'endroit où est caché le butin. J'ai eu la brillante idée de ne rien conserver en notre possession si jamais le plan vire au vinaigre. J'ai aussi une vision dans laquelle cet abruti nous a dénoncé aux soldats. Ceux-ci se pointent au rendez-vous pour nous arrêter et nous conduisent dans un cachot ou encore pire, dans un camp de travaux forcés. Finalement, j'imagine que notre « copain » ne se pointe jamais au rendez-vous et que je meure de froid et de faim sur le toit de ce vieil immeuble désaffecté. Il faut dire que je suis à la limite de l'hypothermie avec toutes ces gouttelettes projetées sur mon visage par ces rafales automnales.

Il faut croire que c'est lorsqu'on ne le cherche pas que le sommeil nous trouve. Malgré les frasques de mère nature, la lourdeur de mes paupières finit par vaincre mon désir de les garder ouvertes. C'est à l'aurore que les claquements d'un moteur de tracteur me font quitter les bras de

Morphée. Celui-ci s'immobilise au point de rencontre. Un homme âgé dans la soixantaine et coiffé d'un béret brun est au volant du véhicule rouge qui remorque un chariot rempli de sable. Un autre individu beaucoup plus jeune que le conducteur bondit de la charrette et marche d'un pas décidé vers le bâtiment où se cache Aleks. Avant de perdre le gaillard de vue, je me déplace afin de surveiller ses gestes. Sa rapidité et son agilité me surprennent. Il entre dans l'immeuble en poussant une planche faisant office de volet sur une fenêtre inexistante et s'y faufile comme un chat. Ce n'est clairement pas la première fois qu'il s'y rend. Je sens alors mon estomac se nouer. Une mauvaise impression s'empare de moi. Je cours alors en direction d'un tuyau attaché au mur de la bâtisse, reliant le toit au sol. Je m'y laisse glisser. Mes pieds n'ont pas encore atteint la terre que me jambes s'activent en direction des planches dissimulant l'entrée cachée des lieux. Je tire vigoureusement sur celles-ci et m'introduit à l'intérieur. Le fracas causé par mon arrivée met une fin abrupte à la discussion entre Aleks et le faux clochard, que je reconnais au même moment. Les deux hommes me regardent, surpris.

« - Tout va bien, me dit mon ami d'un ton calme. Notre transport nous attend dehors et je viens d'expliquer où se trouve ses effets à notre allié, ajoute-t-il.

- Tracteur partir quand moi aurai choses à moi, réplique sèchement mon agresseur de la veille. »

C'est ainsi que je prends place dans le chariot, assis sur le chargement sablonneux. Je regarde le sexagénaire en attente de son approbation. Celui-ci, d'un regard dur acquiesce d'un signe de tête si subtil qu'aucun poil de sa moustache ne s'en ressent. Mon partenaire prend place derrière le conducteur, installé dos à lui, regardant vers moi. Quelques instants plus tard, notre partenaire d'affaire ressurgit de l'ombre, un colis enroulé d'un tissu gris à la main. Il fait alors un signe de sa main libre à notre chauffeur tout en lui criant « alles ist da »[23].

Sans attendre un seul instant, le toussotement du moteur reprend de plus bel et le convoi s'active. Notre guide n'est pas très bavard. Il se contente de nous dire, dans un Polonais très aguerri et pratiquement sans accent, que nous n'avons rien à faire outre que de demeurer calme. De plus, il ne faut pas s'adresser aux gardes ni croiser leurs regards. Son visage demeure de glace, sans aucune émotion. Il mentionne finalement, peut-être pour nous rassurer, qu'il

---

[23] Tout y est.

passe plusieurs fois par jour sur ce chemin et que les gardiens le connaissent bien.

Moins de dix minutes plus tard, l'homme stoïque assis au volant de notre taxi lance d'un ton monocorde: « Bienvenue à Berlin, la ville grise ». À la vue des nombreux immeubles à étages qui marquent les limites Est de l'agglomération, une excitation prend naissance dans mon bas ventre. Je sens aussi des fourmis envahir mes jambes et se propager à la grandeur de mon corps. Cette effervescence est cependant rapidement interrompue lorsqu'une barrière gardée par plusieurs soldats apparait au détour de la route. C'est maintenant des gouttes de sueur froide qui coulent entre mes omoplates. Ma bouche s'assèche subitement comme si j'avais pris une bouchée de la cargaison sur laquelle je prends place. Je sais pertinemment qu'il s'agit du mo-

ment de vérité de tout ce long périple et
que tout peut basculer en un instant...

13. ZACHÓD (l'Ouest)

« Hallo Herr[24] » s'exclame un soldat s'approchant du tracteur en s'adressant à notre chauffeur. Une carabine pendouille sur son épaule droite et son casque tombe sur son front, atteignant ses sourcils, créant un ombrage de telle sorte que je ne peux distinguer son visage. Le temps s'est arrêté et tous les gestes sont lents autour de moi. Ce ne sont pas les pétarades du moteur qui m'empêche d'entendre ce qui se dit, mais plutôt les battements de mon coeur qui tambourinent au creux de mes oreilles. Je tiens le manche d'une pelle qui est plantée dans l'amas de sable se trouvant sous mes fesses en tentant de jouer le rôle d'un ouvrier à la solde du conducteur. Je me concentre sur ma respiration pour avoir l'air le plus naturel possible et j'évite le re-

---

[24] Bonjour Monsieur

gard des gardiens, comme conseillé précédemment par notre guide.

Il y a deux autres surveillants près d'une guérite qui discutent nonchalamment, fumant des clopes, sans nous porter la moindre attention. Un des acolytes du soldat effectue une ronde d'inspection de la remorque en regardant sous celle-ci en penchant à peine sa tête. Ensuite, à l'aide de la baïonnette fixée à l'extrémité de son arme, il perce la cargaison de deux ou trois petits coups secs. Il a un air désintéressé, se foutant éperdument de mon travail d'acteur dans une des scènes les plus cruciales de ma vie.

Je me rends alors compte que la discussion entre notre chauffeur et la sentinelle semble s'éterniser. Ils ont pratiquement leurs visages nez-à-nez. Mon niveau de stress est à son comble. Je ne sens plus mes doigts tellement ceux-ci oppressent la poignée de mon appui. Je serre les dents si fort que j'ai l'impression que ma mâchoire est à la veille de se disloquer. J'ai le sentiment que tout est sur le point de se terminer pour nous. Que dois-je faire? Dois-je fuir avant que les gardiens découvrent le pot-aux-roses?

Mes yeux patrouillent nerveusement le secteur à la recherche d'une échappatoire. Au travers des buissons, j'observe alors un ruisseau couler derrière deux bâtisses. Serait-ce ma chance? Si jamais je l'atteins, mes talents de nageur me donneront peut-être une chance de m'en tirer. De plus, je cours très vite et les gardiens sont dans le néant. Cependant, même si mon agilité et ma rapidité sont suffisants pour fuir la poigne des gardes, ils ne le sont certainement pas assez pour échapper à une rafale de coups de feu.

Je jette alors un coup d'oeil furtif en direction d'Aleks, afin d'évaluer la situation. Nos regards se croisent. Celui-ci me semble calme et serein. C'est sûrement un signe que tout se passe bien. Contrairement à moi, il est positionné à quelques pas de la discussion entre les deux hommes, de sorte qu'il doit percevoir les échanges entre ceux-ci. Son attitude est suffisante pour faire diminuer mes pulsations cardiaques et reporter provisoirement ma course vers l'inconnu.

Presqu'au même moment, je vois une enveloppe brunâtre transiter des mains du chauffeur vers celles du chef de la guérite. Ce dernier la dissimule rapidement sous son uniforme et se distance ensuite du tracteur. L'homme de loi effectue un salut de la tête au conducteur et se tourne ensuite en direction de la guérite en levant le pouce dans les airs. Une extrémité du tuyau d'acier rouillé servant de barrière se met alors à bouger en direction du ciel, l'autre étant appuyé sur un cylindre où un homme s'y appuie pour faciliter la manoeuvre. Je n'en crois pas mes yeux. Ça fonctionne. Au même moment, le chariot s'active vers l'avant, tiré par le tacot. En quelques secondes, le poste de garde est passé.

Une immense joie m'envahit. Je remercie Dieu en mon for intérieur, retenant même une larme qui s'apprêtait à glisser sur ma joue. Même si nous ne sommes pas encore arrivés dans la partie Ouest de la ville, c'est une grosse épreuve qui est maintenant passée. Nous y sommes enfin, à Berlin!

Quelques pâtés de maison plus loin, le convoi s'immobilise et Aleks saute au sol, saluant le chauffeur au passage. Sans me faire prier, j'enjambe la rambarde du « trailer » et me précipite à la rencontre de mon ami. Il s'en faut peu pour que je lui saute dans les bras, mais j'évite quand même d'attirer l'attention. Nos sourires sont resplendissants malgré la crasse qui recouvre nos traits cernés. Ne demandant pas son reste, le tracteur poursuit sa route, guidé par son maître qui ne daigne même pas nous envoyer la main.

Après quelques instants d'euphorie, nous nous installons en retrait de la rue, sous un porche à l'abri du regard des passants. Biens qu'ils ne soient pas très nombreux, leurs visages mornes et leur lassitude déteignent avec la joie et la gaité que nous dégageons actuellement.

Après discussion, nous convenons qu'il faut rejoindre la partie Ouest de la ville avant la nuit afin de ne pas être seuls dans les rues et être repérés par les autorités. Ainsi, grâce une fois de plus à une brillante idée de mon partenaire de route, nous nous sommes enduits de poussière et de suie dans une ruelle. Nous avons ensuite récupéré des poches de sable que nous avons déposé sur nos épaules respectives afin de camper nos nouveaux rôles de livreur, ce qui devrait faciliter nos déplacements dans le secteur.

Bien que mon paquet doit peser près de cinquante livres, il n'en est rien quand je le compare à tous le poids que le fascisme et le communisme ont mis sur mes épaules au cours de ma jeune vie. Et bientôt, je serai libéré de cette pesanteur qui aigrit ma vie depuis des années.

Je tente de garder la même cadence qu'Aleks, mais je suis ébahi par tout ce qui s'offre à mes yeux en ce nouveau lieu. Ce n'est pas l'architecture qui m'impressionne, mais plutôt la vie cohabitant avec la destruction. À ma gauche, un cratère immense prend place de la moitié de la rue et sur la partie restante, des automobiles et de gens circulent comme s'il en était rien. Face à moi, on dirait qu'un train a scindé un immeuble d'au moins cinq étages en deux, séparant ainsi deux siamois. Des gens entrent et sortent de ce lieu sans y porter attention. Les passants, marchent la tête basse et évitent les regards et les discussions. Il n'y a pas d'enfants jouant sur le pavé ou de marchands criant leurs spéciaux. Tout y est terne: les habillements, les voitures, les rues, les bâtiments. C'est comme si la couleur a quitté cet endroit en même temps que les soviétiques y sont débarqués.

Selon ce que je peux comprendre, je me trouve dans un quartier qui se nomme

« Lichtenberg ». La majorité des écriteaux sont en Allemand, mais il y en a aussi en Russe. Aleks tente de s'adresser à quelques passants afin de nous orienter, mais il se butte inévitablement à des visages fuyant ou de sourdes oreilles. Nous continuons donc notre marche dans la même direction que celle du soleil-, qui se montre, tout comme les gens du secteur, très discrets en cette journée nuageuse.

Après quelques heures de marche et plusieurs pauses, nous enjambons une rivière. Les immeubles sont maintenant plus gros et denses, mais toujours en aussi piètre état. Un clocher d'église est complètement détruit, et aucun travail de reconstruction ne semble en cours, ce qui est me touche droit au coeur. Encore ces communistes soviétiques qui se moquent de Dieu.

Je remarque de plus en plus de militaires dans le secteur, ce qui est sûrement signe que nous approchons du but. Personne ne les salue et eux de même. Ils se contentent de marcher en pair, fusillant du regard ceux qui osent regarder en leur direction. Ce climat ressemble bizarrement à celui de la Pologne que j'ai quittée.

Alors que nous marchons sur ce qui reste d'une espèce de marché public bordé par deux édifices de culte détruits, j'adapte ma trajectoire de marche afin d'éviter un duo de soldats venant en sens contraire. Au même moment, une vieille femme tombe à genou, renversant du même coup les quelques provisions se trouvant dans son sac. Les deux comparses lui jettent un regard, mais poursuivent leur route en détournant rapidement la tête. J'attends que ceux-ci se soient éloignés et je me rends près de l'ainée. Je m'accroupis à ses côtés et lui tend la main afin qu'elle s'y agrippe. Son regard méfiant caché sous des sourcils renfrognés se dissipe après quelques secondes, confronté à mon sourire et à ma paume ouverte vers les cieux. Elle dépose alors ses doigts usés par la vie contre les miens. Je l'aide ainsi à se remettre sur pieds.

Aleks me rejoint alors en expliquant à la dame que nous souhaitons seulement l'aider. Portant ses yeux alternativement vers mon ami et moi, elle esquisse un sourire édenté et accepte finalement que nous remettions les denrées manquantes dans son bagage. Une fois le tout rangé, elle s'adresse à nous d'une voix basse et raillée[25]:

« - Merci messieurs, il y a des lustres qu'on ne m'a pas aidée de la sorte. Vous ne venez

---

[25] Traduit immédiatement après la conversation par Aleks

clairement pas d'ici. Prenant une pause, elle plonge son regard dans le mien de telle sorte que je me sens hypnotisé par celui-ci. Ce que vous cherchez se trouve à un kilomètre dans cette direction, elle pointe alors de son doigt tremblant une rue se perdant aux travers d'immeubles et de décombres.

- Comment saurons-nous que nous y sommes rendus, demande alors Aleks?

- Vous allez tourner à droite au bout de l'allée. Il y aura alors deux épiceries. Là, vous allez voir la différence entre la zone libre et celle Russe ». Elle nous tourne ensuite le dos pour repartir vers sa direction initiale.

Suivant les instructions de notre guide, nous empruntons une rue achalandée et parsemée d'édifices d'envergures tous plus délabrés les uns que les autres. En moins de quinze minutes, nous atteignons l'endroit décrit par la dame. C'est invraisemblable. D'un côté de la rue, la vitrine avant d'un magasin est remplie de confiseries, saucissons, légumes et épices pour ne nommer que ça. Tandis que la vitrine du commerce opposé n'offre que quelques boîtes d'aliments en conserve, à nos yeux. Plusieurs écriteaux rédigés en langues Allemande et Anglaise sont disposés sur l'épicerie garnie. L'autre n'en recèle aucun. Nous y sommes donc enfin, le point de bascule vers la liberté!

Il n'y a pas de poste de garde comme tel, mais un nombre incroyable de gardes et soldats Russes armés qui patrouillent le secteur, contrôlant les passants en vérifiant des documents. Le nombre de piétons est si nombreux qu'ils ne fournissent pas à la tâche. Aleks me tire alors par le bras et me pointe du menton des gendarmes en train d'intervenir auprès d'une famille. Les tons de voix haussent, attirant immédiatement des renforts à proximité. Nous en profitons pour nous faufiler dans la masse. Ça y est. Quelques pas de plus et nous y sommes. J'entends alors crier « Stopp[26] » à répétition d'une voix masculine derrière moi. Je ne me retourne pas pour en voir la provenance et je continue ma marche rapide, d'un pas assuré. Plus personne ne m'empêchera d'atteindre mon but au point où j'en suis.

Après quelques secondes de pas rapides, nous croisons des militaires vêtus d'uniformes de couleur beige et portant un casque rond de la même couleur. « Des Anglais » dis-je alors à mon complice d'un cri de joie. « Nous y sommes mon ami: l'Ouest. Nous avons réussi! » Je saute alors dans les bras d'Aleks et nous tourbillonnons de joie au beau milieu de la rue. Je pleure et ris en

---

26 Arrêtez

même temps. C'est comme si toute l'accumulation de stress et de fatigue sort simultanément de mon corps. Je ne peux plus contrôler mes émotions. Je lève alors les yeux au ciel et remercie le Seigneur. Comme une réponse venue de l'au-delà, des gouttelettes se mettent alors à déferler en une averse. Je les laisse couler sur mon visage et en bois une bonne gorgée. Cette eau a définitivement un goût de liberté!

14. OBÒZ (le camp)

Le policier du commissariat Anglais situé dans le quartier Charlottenburg n'est pas très sympathique à notre cause. Il nous regarde de ses yeux mi-clos. Ses sourcils grisonnants recouvrant une bonne partie de ceux-ci, cigarette pendante au coin de la bouche et coupe de cheveux faite au carré, il parle à moitié en Anglais et en Allemand, ce qui n'aide pas le travail de d'Aleks. Celui-ci tente de raconter notre périple. C'est comme si notre histoire est semblable à celles de centaines d'autres citoyens demandant l'asile politique. Je dois avouer qu'il en est peut-être ainsi, à voir la file de gens se dessinant derrière nous. Il y a des jeunes et des moins jeunes, faisant la queue pour être entendu par cet homme austère.

Pour en arriver à cet individu peu accommodant, nous avons dû passer la nuit dehors à dormir adossés sur un immeuble afin d'attendre notre tour. La veille, journée de notre arrivée en sol « Anglais », nous avons tenté de trouver un lieu où résider et manger. Tout comme les résidents de l'Est, les occidentaux ne nous portaient aucune attention, nous évitant comme si nous avions la lèpre. Je me suis senti comme un mendiant quémandant pour sa survie. Seule une jeune femme portant une tunique rouge avec de fins cheveux courts noirs nous a pris en pitié et nous a indiqué où trouver un camp de réfugiés. Après avoir pilé sur notre orgueil, nous nous y sommes rendus. Sur les lieux, impossible d'y pénétrer. Clôtures et fils de barbelés, gardiens armés et chiens renifleurs en guise de décor, impossible d'entrer sans un laissez-passer selon les surveillants. Pour se procurer les fameux documents, il fallait bien entendu être accrédité par un officier d'immigration se trouvant dans les commissariats de la ville. Je dois avouer que je m'attendais à un accueil plus chaleureux pour mon arrivée dans le monde libre.

L'homme de loi nous pose alors des questions d'usage, à savoir si nous avons commis un crime, si nous sommes recherchés par les autorités soviétiques et si nous avons de la famille dans le monde libre. Aleks répond par la négative avec un aplomb remarquable. Il me serait impossible de mentir de la sorte, encore moins face à une personne en situation d'autorité. Mon père m'a toujours enseigné le respect de la Loi, de l'ordre et la Foi. La prise de pouvoir de mon pays par des groupes fascistes et ensuite communistes a ébranlé mes valeurs à plusieurs reprises, mais je sais reconnaitre un homme de droiture et le respecter en temps et lieux, comme celui se trouvant devant nous.

Après plusieurs minutes de discussion et de regards à la fois interrogateurs et suspicieux, le policier estampe deux documents qu'il nous remet respectivement. Nous sommes ensuite guidés dans la cour arrière où une autre file de gens nous attend. Le vent souffle fort et des averses de pluie nous fouettent le visage à quelques reprises au courant de la journée.

Je garde la tête et les épaules droites, voyant les pauvres gens nous entourant. Je me lie d'amitié avec une petite famille Est-Allemande nous précédant dans l'attente. Le père de famille a peine à marcher et il utilise un manche de râteau en guise de béquille. Sa femme enceinte de plusieurs mois tient ses deux plus jeunes enfants par la main. Ceux-ci ont le visage crasseux et sont aussi maigre qu'une brindille de foin. Malgré tout ça, ils ont le sourire au visage et un rire contagieux. C'est ça l'espoir d'un monde meilleur.

En fin de journée, notre attente est enfin terminée. Nous rencontrons une femme d'âge mûr et bien vêtue. Elle est assise à un pupitre au fond de la cour sous une tente, flanquée de deux gardiens. Celle-ci parle Polonais avec un fort accent Allemand. Elle est bien sympathique malgré le fait qu'elle ait eu à discuter avec des centaines de gens au courant de la journée. Elle tente d'abord de nous localiser chez un membre de notre famille, ce qui est vain. Elle veut ensuite nous envoyer dans un camp polonais, mais ceux-ci sont tous surpeuplés. Elle nous propose finalement un camp situé en retrait de la ville. Il est composé de jeunes travailleurs Allemands. Je n'ai vraiment pas envie de me retrouver entouré d'Allemands, mais les offres ne suffisent pas à la demande. Je ne cracherai donc pas sur un toit.

C'est ainsi que la dame nous remet des Visas de réfugiés ainsi qu'un laissez-passer pour le camp d'exilés Jugenheim Berlin Spandau[27]. Nous sommes ensuite conduits vers une remorque tirée par une camionnette. Nous prenons place à bord de celle-ci, accompagnés d'autres ressortissants. Le convoi effectue quelques arrêts à divers campements. Un militaire scande le nom des gens qui doivent quitter le transporteur à chaque arrêt. Lorsque nos noms sont finalement mentionnés, il fait nuit. Nous sommes les derniers à bord avec un garçon âgé de quatorze ou quinze ans. J'ai de la difficulté à distinguer les lieux. En plus de la noirceur, une brume créée une muraille

---

[27] Pourrait se traduire comme « Maison des jeunes du quartier de Spandau de Berlin »

grisâtre que l'aura de quelques lampadaires tentent de percer sans succès.

Arrivé face à un portail de fer forgé qui est rongé par la rouille, j'imite mon ami en présentant mon visa à un vieil homme. Il éclaire ceux-ci à l'aide d'une lampe à l'huile et me dévisage avant de me questionner « Du bist polnisch ?[28] ». J'acquiesce d'un signe de tête affirmatif. L'individu qui semble contrarié, se frotte la barbe nerveusement et examine alternativement les papiers qu'il tient en main et mon visage. Il se rend finalement à la rencontre du conducteur du convoi qui est sur le point de partir. Ceux-ci ont une discussion houleuse qui me semble sans fin.

Je chuchote alors à Aleks mes inquiétudes. Il partage le même sentiment que moi. Se-

---

[28] « Tu es Polonais? »

lon ce qu'il comprend de la situation, il s'agit d'un lieu pour jeunes Allemands ayant eu quelques « problèmes » avec les autorités à l'Est. De plus, les regards posés sur nous ainsi que les chuchotements des diverses personnes rencontrées lors du trajet nous laissent croire que nous ne sommes clairement pas les bienvenus en ce lieu.

Nos appréhensions sont confirmées lorsque le responsable revient nous voir. D'un polonais presqu'incompréhensible, il nous explique ce que mon ami a perçu plus tôt. Malgré ça, l'homme nous guide ensuite de l'autre côté du grillage d'acier. Une grande cour dont le sol est recouvert de gravier et de boue se révèle à mes yeux. De nombreuses grandes tentes surplombées par des fanaux y sont disposées en rangées. Il s'agit des dortoirs selon notre guide. Nous passons à côté d'une dizaine de celles-ci avant de nous immobiliser face à l'une d'elles. L'homme soulève alors un rabat de tissu faisant usage de porte et nous invite à y pénétrer.

Dans la tente, il y a plusieurs lits de camps disposés en quatre rangées éparses et désalignées. D'une hauteur d'à peine un pied du sol, ceux-ci sont tous occupés par des corps endormis recouverts de couvertures ou draps aux couleurs ternes. Il y a quelques gens alités au sol. Nous traversons les lieux d'un pas prudent par peur d'écraser un rêveur. Les seuls sons émanant du dortoir constituent une chorale de toussotements en canon. Quelques visages hagards se relèvent pour observer notre passage. Une centaine de pas plus loin, le fanal de notre accompagnateur nous pointe deux couvertures recouvrant une mince couche de paille qui est disposée au sol à côté d'un autre drap servant de sortie.

« Bon repos » sont les seuls mots prononcés par l'homme qui disparait à l'extérieur en moins de deux. Lorsque le regard de mon partenaire croise ensuite le mien, c'est un sentiment d'insécurité que nous partageons plutôt qu'un de satisfaction.

Ainsi, puisque la nuit est bien entamée, je laisse ma tête tomber sur l'amas de paille qui me sert d'oreiller et je ne laisse pas de temps au marchand de sable pour qu'il s'acquitte de sa tâche.

Il me semble que mes paupières viennent à peine de recouvrir mes yeux lorsqu'une cloche retentit bruyamment à l'extérieur de la tente. Des mouvements en provenance des couchettes m'entourant me font rapidement reprendre le contact avec ma nouvelle réalité. Je donne un coup de coude dans les côtes d'Aleks pour le tirer d'un sommeil beaucoup plus profond que le mien. Après le sursaut de ce dernier, je constate que les occupants des lieux se déplacent très rapidement vers la sortie. Nous leur emboitons alors le pas afin de connaitre la raison de cet engouement matinal.

Je suis accueilli à l'extérieur par des rayons de soleil aveuglant ma vision pour un bref moment. Une fois mes yeux adaptés, j'observe alors l'origine de tout cet émoi. C'est l'heure du repas. Une filée de jeunes hommes se crée en toute vitesse face à une cloche métallique montée sur un support de bois. À ces côtés, deux femmes portant un chapeau et un tablier blanc déposent une substance dans des plats qu'elles remettent aux garçons. Je rejoins alors les gens qui patientent, accompagné de mon acolyte. Nous sommes les derniers d'une lignée composée d'une centaine de personnes.

Durant mon attente, j'ai le loisir d'observer les lieux les habitants composant mon nouveau foyer. Je constate que l'immense cour dans laquelle nous nous trouvons est bordée par un mur de briques brunâtres duquel certaines parties sont affaissées. Contrairement à la veille, je vois un immense immeuble construit avec les mêmes matériaux et qui se trouve à l'endroit où convergent les rangées de tentes. Haut de trois étages et d'une longueur d'au moins cent cinquante pieds, le bâtiment ressemble à un séminaire ou à une maison de réforme. Les individus composant la file sont tous des hommes blancs âgés de moins de trente ans. La majorité a le crâne rasé ou les cheveux très courts. Ils portent tous des vêtements de travail sobres et défraîchis.

Tout-à-coup, une bataille éclate dans la foule nous devançant. Deux jeunes hommes se frappent à coups de poings et de plats. Un des deux est beaucoup plus costaud que le second et il ne tarde pas à mettre celui-ci au sol. Personne n'intervient. Au contraire, les gars volent les places occupées précédemment par les deux belligérants. La rixe se termine aussi rapidement qu'elle a commencée. Le vainqueur reprend son rang et le perdant tente de s'installer derrière mais personne ne le laisse regagner la ligne. Couvert de boue et de poussière, la lèvre inférieure ensanglantée, il déambule la tête basse vers notre direction. Aleks lui demande alors s'il se porte bien. Le garçon ne daigne même pas lever les yeux vers lui et il se positionne derrière nous, sans broncher.

Quelques minutes plus tard, alors qu'il ne reste que cinq individus devant nous pour atteindre l'aire de service alimentaire, les marmitons remballent leur artillerie et quittent sans dire un mot. Nos prédécesseurs font demi-tour, les yeux rivés sur leurs chaussures. Mon ami les questionne, mais personne ne lui porte attention. Aleks agrippe alors le bras d'un garçon aux cheveux auburn âgé d'environ quinze ans. Ce dernier se dégage d'un geste brusque et rapide et le fusille du regard. Il lui répond sèchement qu'il ne reste plus de nourriture tout en poursuivant sa route vers une tente.

C'est ainsi qu'avec un serrement d'estomac, nous comprenons l'engouement matinal pour la procession de la queue-leu-leu. Il en sera de même pour la fin de journée, soit l'autre moment où un repas chaud est servi aux occupants des lieux. Voici donc à quoi rassemblera ma vie pour les prochains jours et peut-être pour plus longtemps...

iv. SIGNES (Znak)

Ne me résignant pas à laisser mon destin
entre les mains du hasard, je m'en réfère à
Dieu comme je l'ai si souvent fait tout au
long de ma vie. Je ferme alors les yeux et
lève la tête vers le ciel. Je me mets ensuite à
prier le Seigneur pour qu'il me donne le
courage de prendre la bonne décision,
celle qui me guidera vers la vie ou bien vers
la fin de celle-ci.

Cependant, lorsque mon regard se pose
sur le ciel, ce n'est pas une révélation di-
vine que j'observe, mais plutôt l'immensité
du firmament. Et dansantes au milieu de
celui-ci, des strates vertes, bleues et jaunes,
telles une robe valsant au gré du vent. Des
Aurores Boréales! Je suis sauvé! Étant reflé-
tées dans le ciel nordique, je peux ainsi retrouver mes points cardinaux. Sachant que
le camp est situé au nord de ma position

actuelle, je vais suivre les lumières célestes. En espérant qu'elles demeurent en vie jusqu'à mon arrivée. Puisqu'une des deux « trails » se dirige vers les aurores, j'emprunte sans hésiter celle-ci.

Ce signe de l'au-delà me redonne un petit regain nécessaire pour aligner plusieurs pas. Après quelques minutes, je repère un tronc fraichement coupé par la lame de ma machette plus tôt lors de l'excursion. Je suis sur la bonne voie!

Malheureusement, bien que mon avancée soit considérable, ce n'est pas assez rapide. Mes membres ne grelottent plus tellement ils sont frigorifiés. Mes sens me jouent des tours. J'entends des voix et des chants au travers du vent. Ma respiration est devenue difficile puisqu'entrecoupée par des quintes de toux. Pour ajouter à cela, ma vision se brouille, rendant mon orientation presqu'impossible. Tout d'un coup, une racine agrippe une de mes chevilles et me fait trébucher au sol. Je réussis à me protéger le visage à l'aide de mes avant-bras pour ne pas qu'il heurte directement le sol.

Ainsi, étendu de tout mon long, le souffle court, je sens l'espoir me quitter au même rythme que ma conscience. Mes paupières sont sur le point de se fermer sur mes yeux déjà mi-clos lorsqu'un grattement attire soudainement mon attention. Je tourne alors légèrement la tête vers l'origine de ce bruit. Je ne sais pas si c'est la vue de ce rongeur à la queue plate grugeant le tronc d'un tremble ou bien la lueur de la lune sur le lac situé en face du camp qui crée cette décharge d'adrénaline en moi. D'un seul coup je me relève sur mon postérieur. Je fixe alors la coque à l'envers du canot de Lucien. Nous avions laissé l'embarcation en ce lieu il y a quelques années afin de pouvoir transporter plus rapidement le gibier en naviguant, ce qui nous permettait de sauver énormément de temps. Dieu soit loué!

Je me relève difficilement en m'appuyant sur ma machette plantée au sol d'une main et sur un de mes genoux de l'autre. Une fois sur mes deux jambes, je me dirige vers le canot en m'accotant d'un arbre à un autre. Une trentaine de pas me suffit pour l'atteindre. Je fouille ensuite sous celui-ci et en ressort une rame dont l'extrémité propulsive est craquée. Mais peu m'importe, ça devrait me suffire. Plus je force pour retourner l'embarcation, plus ma toux s'accentue. Je dois tenir le coup!

Par la suite, je tire mon bateau de fortune sur quelques pieds et le laisse se déposer sur la surface noire du cours d'eau. Il flotte. Je me laisse ensuite tomber à la renverse par-dessus le franc bord avant de choir au fond. Je prends quelques longues inspirations, réunis toutes mes forces et me relève sur les genoux. Je me mets à pagayer d'un côté et ensuite de l'autre en alternance. Bien que je ne vois pas encore le camp, je sais exactement où il se trouve. Même si la lune n'est pas visible, il y a assez d'étoiles dans le ciel pour créer une lueur sur les flots.

Je sens le froid glacial de l'eau piquer la peau de mes jambes. Bien que je ne distingue pas de trous, le liquide s'introduit possiblement entre les lattes de cèdres composant la coque et monte rapidement dans le canot. Je dois me dépêcher si je veux parvenir à traverser avant de couler. Tout-à-coup, un claquement très bruyant, semblable à un coup de feu, me fait sursauter. C'est possiblement la queue d'un castor heurtant la surface de l'eau pour avertir ses congénères. La provenance du bruit, coïncide avec la direction à suivre pour atteindre l'autre rive. Ironiquement, ceux que je tente d'anéantir, s'entêtent à m'aider.

Après quelques coups de rame supplémentaires, je parviens alors à distinguer les contours du bâtiment au travers des silhouettes noires et grises des trembles et bouleaux. Ça y est, j'y suis presque. Cependant, l'eau commence à atteindre le bas de mes fesses et par le fait même, un seuil critique. Mes coups de pagaies ne me font presque plus avancer. Je ne sais pas si je vais réussir à atteindre la rive à temps. L'idée de terminer à la nage m'effleure l'esprit, mais en disparait presqu'aussi rapidement étant donné l'intensité du claquement de mes dents. Je m'entête donc à continuer de ramer et ramer encore.

Malheureusement, à moins de cinquante pieds de la berge, le canot doit s'avouer vaincu. L'eau atteint pratiquement les plats bords. Même si je ne le veux pas, je dois poursuivre à la nage. De toute façon, je suis déjà presque entièrement trempé. C'est ainsi que je me laisse tomber dans les eaux glaciales du lac, avec l'espoir de m'en ré-chapper.

Curieusement, j'ai moins froid avec le corps complètement immergé. L'eau n'a possiblement pas encore gelé cette au-tomne et a conservé un peu de chaleur transmise par les rayons du soleil lors der-nières journées. Heureusement, je n'ai pas besoin de nager, puisque mes pieds touchent le fond vaseux. J'avance ainsi, lentement mais sûrement, vers la rive cou-verte d'algues et de bois mort.

Lorsque j'atteins enfin le bord de l'eau, je ne prends pas le temps de réfléchir et je sors rapidement de l'étang. La petite brise fait alors sursauter tous mes muscles en leur administrant une dose de frigorifiant. J'ai peine à marcher. Mes plantes de pieds se raidissent, de telle sorte que je ne peux plus avancer. Je me jette alors sur les genoux et continue d'avancer au-travers des herbes longues et des arbustes me séparant de la porte d'entrée. Même phénomène qui se produit ensuite avec mes paumes de mains qui demeurent fermées. Je m'appuie donc sur mes poings. Tout mon corps tremble et je ne le contrôle plus. Le perron est pourtant si près de moi.

Je me mets donc à ramper. Avançant tel un serpent, je me tire à l'aide de mes coudes et me pousse avec mes genoux. Chaque effort déployé pour me rapprocher est accompagné de toux et de vertiges.

Mon esprit est vide. Mes seules pensées sont dirigées vers l'atteinte du pommeau doré et rouillé permettant de pénétrer dans mon camp. Je n'ai aucune idée du temps que ça me prend pour toucher le bois de la galerie, mais je l'atteins. Dans un effort final, j'étire mon bras droit et dépose mon poing sur la poignée. Je suis incapable d'ouvrir mes doigts. Je me tire à l'aide de mon autre bras pour y déposer mon second poing. En me laissant choir sur le sol, je fais tourner la pièce métallique vers la droite, ouvrant l'accès de la cabane. Je rampe sur le tapis et pénètre enfin dans la chaumière, à bout de force et souffle. C'est dans la satisfaction que mes yeux se ferment et que je quitte l'état de conscience.

15. SAMONOTNOSĆ (Solitude)

La faible lueur de la flamme de ma bougie de fortune peine à m'éclairer. Ses mouvements de danse lancinante nuisent ainsi à ma vision ce qui fait en sorte que ma calligraphie devient indéchiffrable. De plus, la qualité de l'encre ainsi que celle du papier laisse à désirer, mais c'est le mieux qu'Elsa a pu me procurer.

Ainsi, comme à tous les dimanche soir, je m'attable en retrait de la tente lorsque la majorité des occupants y sont endormis. J'y rédige un compte rendu de ma vie pour transmettre à ma famille afin qu'elle sache que je me porte bien. J'y relate le déroulement des jours qui se succèdent et j'y exprime mes opinions et mes sentiments. Ça me fait du bien. J'ai commencé cet exercice peu de temps après mon arrivée au camp de réfugiés de Spandau. C'était une façon pour moi de m'exprimer puisqu'une sensation de solitude constante m'habitait et c'est toujours le cas. Par la suite, j'ai posté plusieurs de celles-ci avec mes économies. Cependant, après quelques semaines, une employée du bureau de poste m'a informé que mes lettres ne se rendaient probablement pas à destination puisque les communistes interceptent tout le courrier en provenance d'exilés. Ils l'ouvrent, le lisent et ils en disposent sans jamais le transmettre. Après avoir compris à qui s'adressent mes missives et voyant mon désespoir, celle-ci m'a offert de transmettre elle-même le courrier, avec le nom de son père comme rédacteur. Issu d'une bonne famille Allemande, il y avait peu de chance que son courrier soit intercepté. Bien que je n'ai encore jamais reçu de réponse à mes lettres, je garde espoir. Une amitié s'est ainsi créée entre Elsa et moi.

En cette soirée pluvieuse, je me sens inspiré. Mes mots coulent comme le flot des eaux de la Warta au travers de la ville de Poznań :

« Mes très chers parents,

Cette semaine en a été une chargée en dur labeur. J'ai maintenant un second emploi. En plus d'être assistant en plomberie pour les autorités anglaises du quartier, je commence les semences dans une ferme maraichère située aux abords de la ville. Il s'agit de la ferme d'amis de la famille d'un collègue de travail. Il m'y a référé. Ce travail me fournit un deuxième revenu duquel je peux économiser afin de pouvoir quitter le campement, prochainement. Mon plan ne change pas, je veux me rendre en Amérique. Grâce à l'aide du bureau d'immigration, j'ai écrit à tante Lena aux Etats-Unis et tante Agnieska au Canada. J'attends de leurs nouvelles, comme de vous d'ailleurs.

Malgré plus de huit mois depuis mon arrivée, la solitude est toujours grande pour moi en ce lieu. Bien que je maitrise bien l'Allemand, je ne parviens pas à tisser des liens d'amitié avec les jeunes du camp. Nous ne possédons pas les mêmes valeurs. Ils sont pour la plupart affairés à de multiples magouilles. Le travail ne les intéresse pas. Il en est de même avec Aleks. Je le côtoie de moins en moins. Il s'est embarqué dans une « gamique » à laquelle je ne suis pas intéressée de participer.

Mais une chance qu'il y a cette chère Elsa Friedrich. Je me suffis de sa rencontre une fois par semaine. Son sourire me donne de l'énergie. Elle m'aide beaucoup. Je l'apprécie et je crois qu'il en est de même pour elle.

Je vais bien mes chers parents. Que Dieu protège la famille.

– Votre fils aîné »

Mes yeux ne pouvant plus demeurer ouverts, j'éteins la chandelle et m'assoupis rapidement. Je ne laisse pas le temps au coq de chanter et je me lève tôt pour manger rapidement et pouvoir me rendre au bureau de la poste avant la besogne de la journée. J'avale mon pain et mon gruau en quelques bouchées avant de partir. D'un pas rapide, je traverse le campement. Le soleil printanier se montre à peine le bout du nez, que j'ai déjà parcouru les dix pâtés de maison me séparant de l'établissement postal. Il n'est certes pas ouvert, mais je dépose ma lettre dans l'interstice d'une porte donnant à l'arrière de l'immeuble, comme ça Elsa sera la seule à y avoir accès. C'est notre code. Je repasserai en fin de journée pour m'assurer que le colis s'est bien rendu. J'en profiterai aussi pour admirer l'éclat de joie dans les yeux de ma complice.

***

La noirceur a gagné le campement lorsque j'y suis de retour. Mes tâches ont été beaucoup plus longues et fastidieuses que prévues aujourd'hui, de sorte que le commerce était déjà fermé lors de mon passage pour saluer ma chère Allemande. En plus de la fatigue accumulée au travail, le fait d'avoir manqué le sourire d'Elsa embrume mon humeur. Je ne remarque même pas les gardiens de la guérite qui saluent mon arrivée. Je marche d'un pas lent, l'esprit perdu, en direction de ma tente.

Deux gais lurons se tenant par les épaules en chantant un hymne allemand ouvrent la porte du chapiteau, me sortant de ma torpeur par la même occasion. Je pénètre ensuite les lieux dans lesquels une ambiance de fête règne. Des chants et des cris de joie s'entremêlent aux chopes de bière. La grande majorité des occupants entoure un homme que je ne connais pas. Je perçois au travers des acclamations qu'il s'agit d'un nouvel arrivant et que ce dernier a accompli un fait d'armes remarquable avant sa venue. Il semble connu comme Barabas dans la passion. Tous vont le saluer à tour de rôle comme on rend hommage à un nouveau souverain. Même Aleks se prête à ce jeu. Me voyant au même moment, il détourne le regard, comme pour éviter le mien, ce que je ne comprends pas.

Je suis sur le point de gagner mon lit lorsque Hans, un jeune allemand aux cheveux auburn avec lequel je m'entends « bien », vient à ma rencontre, bock à la main, et m'invite à me joindre au groupe. Je n'en ai pas envie, mais je me laisse tout de même porter par la vague de festivité. Il m'explique que le nouveau est un membre connu de la résistance Allemande qui lutte secrètement pour la fin du communisme dans l'Est du pays. Celui-ci revient d'un périple de plusieurs mois du côté soviétique où il a brillé par ses actions secrètes.

Entrainé par Hans, je me déplace au travers des fêtards qui remplissent mon verre à la moindre gorgée prise. Je vois de loin mon vieil ami qui demeure discret à mon égard, évitant de croiser mes yeux, ce qui commence à m'inquiéter quelque peu.

Tout-à-coup, une invitation générale à trinquer retentit de la voie du doyen du campement, un certain Ulrich. Âgé d'au plus vingt-cinq ans, mais dont les nombreuses cicatrices traçant son visage ainsi que sa barbe blonde bien garnie lui en donne une dizaine de plus. Ce gars aux airs de Viking impose le respect par son calme et sa prestance. C'est bien un des seuls car la plupart ont l'air de voyous chétifs et malpropres.

Ainsi, d'un geste commun, nous buvons tous nos verres d'un trait.

Une fois le liquide ambré ingéré et ses effluves éructés, je reprends tranquillement mes sens. L'euphorie s'empare de moi en même temps que l'alcool se fraie un chemin dans mon œsophage. Au même moment où je décide de fêter avec la bande, je tombe nez-à-nez avec le fêté. D'un début d'ivresse, je passe d'un seul coup à un lendemain de veille. Je sens alors tout le sang de mon corps se glacer dans mes veines. Ses yeux verts comme une pierre d'émeraude, sa stature ainsi que son odeur pestilentielle ne font aucun doute. Il s'agit bel et bien du clochard qui a failli me trancher la gorge à notre arrivée dans l'Est de la ville. Le sourire édenté du jubilé se transforme en moue haineuse dès que son regard croise le mien. Nous nous observons ainsi, immobile, face-à-face, sans mot dire. Tranquillement, ce silence se propage dans la tente et les buveurs nous regardent, incrédules. Je sens mes poings se serrer et mon visage rougir par la colère refaisant surface d'un passé pas si lointain. Nos regards se lancent des éclairs de colère. Nos corps tremblent sur place, mais aucun ne se commet en un geste d'agression, attendant un signal quelconque.

Surgissant comme un chat, Aleks s'interpose rapidement entre nous deux, une main sur chacune de nos poitrines. Il dit alors d'une voix forte et claire:
« - On se calme messieurs! Le passé c'est du passé, allons maintenant vers l'avenir et buvons!
- Comment peux-tu dire une telle chose, rétorquais-je d'un cri de colère, tu oublies qu'il s'en est fallu de peu pour qu'il me tue?

- Mais il ne l'a pas fait, réplique Aleks ra-
massant la balle au bond, et il nous a
même aidé à traverser à l'Ouest! Il scande
ces dernières paroles en levant le bras de
mon vieux rival dans les airs comme si
celui-ci venait de remporter un combat
de championnat de boxe.
- Mais...»

Je ne peux répliquer puisqu'Aleks m'entraine à l'écart, une main sur ma bouche. Je
l'enlève sèchement et m'adresse d'une voix
à peine camouflée à mon vieux complice:
« - Si tu n'avais pas eu ce pistolet, il m'aurait ouvert la gorge! Je ne peux pas croire
que tu le défendes. Et puis, il ne nous a pas
aidés, on l'a extorqué pour qu'il nous fournisse un transport!
- Écoute Jakub, ce n'était pas un vrai pistolet, ce n'était qu'un bout de tuyau récupéré au sol. Je n'en ai jamais eu de vrai.
- ...mais ça ne change rien à ses actions!

– Peut-être pas, mais nous faisons maintenant tous partie de la même famille et... il baisse le ton et me chuchote à l'oreille, il y a des individus avec lesquels il vaut mieux être ami qu'ennemi. Tu comprends?

– Je refuse d'oublier! criais-je alors»

Tout le monde se tait et l'attention des fêtards est maintenant tournée entièrement vers notre discussion. Ulrich écarte deux malfrats et se met alors à nous interroger d'une voix forte pour que tous et chacun puissent comprendre ce qui se dit:

« - Que se passe-t-il les polocks[29]? Que manigancez-vous en secret? Qu'est-ce qui ne va pas avec notre nouveau frère?

– C'est un traitre! rétorquais-je sur le champ

---

[29] sobriquet utilisé pour nommer les polonais

- ...Et qui Günter a-t-il trahi? demande Ulrich les yeux pointés droits dans les miens en signe de défi.
- Répond! Qui est-ce que j'ai trahi? Ajoute le clochard, duquel je viens d'apprendre le prénom.
- Nous! Aleks et moi! Nous tentions de fuir les communistes et il a essayé de me tuer et nous berner. Et maintenant il se pointe dans notre campement et il se prend pour le roi!
- Pourquoi est-ce que j'aurais aidé des complices de Staline? Invective alors Günter.

Aleks me retient alors par la chemise afin que je ne bondisse pas sur cet infecte menteur. Le barbu blond en fait de même avec mon opposant.

Reprenant mes esprits tout en respirant profondément, je me ressaisis et tente d'expliquer à ses incultes tout ce que les

Nazis ont fait subir au peuple polonais en quelques mots:

— Vous oubliez que votre Hitler et ce Staline ont fait équipe pour envahir Mon pays. Ils ont torturé et emprisonné Mon peuple en les traitant comme de sales cochons, allant même jusqu'à en tuer des milliers dans des camps de concentration tandis que les autres se sont fait affamer.

— Mais c'est ce que les peuples conquérants font subir aux peuples conquis qui refusent de se plier, lance alors Ulrich.

— Il faut croire que vous n'êtes que des pleurnichards manipulateurs, renchérit immédiatement l'édenté aux yeux d'émeraude, car vous avez convaincu Staline de trahir le Führer. Je gage que vous lui avez donné vos soeurs et vos mères comme putains!

Cette dernière insulte me fait exploser de rage, comme le couvert d'un presto surchauffé. Le visage écarlate, je saute dans les airs en direction de Günter le pointant de mon index droit avec toute la haine de ma patrie comme carburant. Au même moment que je sens la poigne d'Aleks me lâcher, je crie « sales cochons d'Allemands » en me jetant sur mon opposant.

Mon poing droit n'atteint cependant pas mon adversaire. Je suis plutôt accueilli par une jambette de son protecteur. Je roule alors sur moi-même, exécute une pirouette et me relève aussi vite. Un coup de poing atteint alors mon épaule droite. J'en dévie un second de mon bras gauche. Une pluie d'attaques déferle sur moi. Je ne fais qu'éviter les rafles, recevant quelques poings dans les flancs et les hanches. Je ne peux compter tous les belligérants, mais ils sont au moins huit. Comme une polka improvisée, nous tournoyons au centre de la tente, au-travers du mobilier qui ne résiste pas longtemps au raz-de-marée de haine. Protégeant ma tête comme je l'ai appris dans ma jeune carrière de boxeur, je ne subis pas de dommages importants mais le souffle commence à me manquer. Je cherche du coin de l'oeil une échappatoire, mais les attaques nuisent à ma réflexion. De plus, ceux qui ne m'attaquent pas se sont réunis en spectateurs, créant un ring improvisé dont la foule est constituée d'ivrognes allemands en quête de sang. C'est alors que l'éclat d'un objet brillant en provenance de la foule attire mon attention. Est-ce une lame ou un morceau de miroir? D'un sentiment de rage, je passe à un sentiment de peur et de survie, car j'ai bien l'impression qu'on veut plus que ma défaite, on veut ma peau!

Je repousse alors un adversaire plus ivre que les autres en direction de deux complices. Le poids du soûlard fait trébucher ceux-ci. Ça me crée suffisamment d'espace pour saisir une chaise fracassée en deux. Celle-ci tenue à bout de bras, je décris des cercles sur moi-même, comme une tornade dont je suis le vortex. Cela fait ainsi reculer certain de mes opposants. Ceux qui n'ont pas la rapidité d'esprit de se tasser, se retrouvent rapidement au sol après la visite d'une patte de chaise en pleine gueule.

C'est alors qu'un coup de feu retentit. Tout le monde autour de moi se jette au sol, se protégeant la tête avec leurs mains ou leur bock. Je continue de tournoyer, seul au centre du campement, ne sachant pas si on me tire dessus ou non. Je ne peux prendre de chance. Après quelques secondes, des lampes de poches pointées en ma direction, accompagnées de voix m'ordonnant de me mettre au sol sous peine de me descendre me convainc de m'immobiliser et me soumettre. Je me couche donc au sol, comme les autres. Je suis épuisé et j'ai de la difficulté à respirer et à réfléchir. De la sueur me perle au visage et me chauffe les yeux. Je balaie les alentours du regard à la recherche de cette arme scintillante. Va-t-on en profiter pour me poignarder alors que je suis couché et sans défense?

Quelques minutes plus tard, je suis toujours en vie et aucun objet ne m'a transpercé. Mes mains sont ligotées dans mon dos. Je suis escorté par des gardiens qui m'expliquent que je suis conduit devant Monsieur Hammerstein, le responsable du campement. Je suis accompagné de cinq allemands présents lors de la rixe. Bizarrement, je ne reconnais aucun de ceux-ci et ils ne sont pas ligotés.

Je n'ai pas conscience du trajet emprunté. Je sais simplement que nous arpentons les corridors de l'ancien orphelinat servant de bâtiments pour les responsables et la logistique du camp. Je n'y ai pas souvent pénétré, sauf dans la grande salle, lors de froids sibériens ayant eu lieu durant l'hiver.

La pièce servant de bureau au gouvernant est tapissée de photographies militaires. Un tapis brun et orange recouvre le sol. Des lampes recouvertes d'abat-jour en verre de couleur verte illuminent les lieux, créant une ambiance feutrée. Il n'y a pas de fenêtre dans la pièce. L'homme, que j'ai déjà aperçu à quelques reprises marchant dans le campement, est adossé à une chaise de cuir derrière un énorme bureau de bois foncé dont les pattes imitent celles d'un lion. Il porte un regard réprobateur en ma direction. Ses yeux fixent directement les miens. Je soutiens son regard quelques instants, essayant de lui montrer que je ne plierai pas l'échine devant lui. Malgré mes efforts, je baisse finalement le

regard devant sa prestance, m'avouant
vaincu. Il dégage une confiance, une sévé-
rité et une autorité à laquelle je n'ai jamais
été confronté. Et il n'a pas encore dit un
seul mot...

À vrai dire, les seuls mots qu'il prononce
sont: « M. Dabrowski, vous êtes expulsé du
campement sur-le-champ pour avoir déso-
béi aux règlements des lieux à savoir:
ivresse, actes de violence et soulèvement
face à l'autorité ». Cette décision est sans
appel. Hammerstein a simplement permis
à deux des cinq allemands de prendre la
parole. Voyant les gardiens acquiescer de la
tête à l'écoute de leurs versions, on ne m'a
même pas laissé l'occasion de m'exprimer.
Je suis ainsi escorté comme un intrus vers
la grille du camp où s'y trouve déjà un sac
à dos contenant mes effets personnels. Je
suis habituellement beaucoup plus prompt
à la contestation, surtout lorsqu'il s'agit

d'inégalité et de mensonges. Cependant, les évènements qui se sont déroulés ce soir, me font peur et je crois réellement que ma vie est en danger en ces lieux, surtout après l'affront faite à Ulrich et sa bande.

Le cliquetis des grilles se refermant dernière moi constituent les seuls au revoir à mon égard. Je suis ainsi seul avec moi-même, en pleine nuit brumeuse. Même les étoiles et la lune ne daignent m'accompagner en ce triste moment de solitude.

16. NOWY POCZATEK (Nouveau départ)

Déambulant d'un réverbère à l'autre, je marche vers nulle part. Bottant des cailloux jonchés sur le sol, mon esprit est préoccupé. Je réfléchis à toute la distance que j'ai parcourue pour être du « bon » côté. Cependant, les évènements de la soirée me ramènent à la dure réalité dans laquelle je vis désormais. Un monde marqué par la tromperie, le mensonge et les inégalités. J'ai l'impression que le mérite se range toujours vers les « abuseurs » et les tricheurs. Tout d'abord, ces Nazis qui ont agressés mon peuple et détruit une partie de ma patrie. Ensuite, les soviétiques qui nous ont trahis et tenté de nous asservir par la suite.

J'ai le sentiment que personne ne semble vouloir s'opposer à ceux qui ne respectent pas les règles. C'est injuste! Mes réflexions ne font que renforcer une idée qui germe en moi depuis un certain temps, soit celle de me rendre vers le nouveau monde. Il me semble impossible de changer la nature de peuples qui sont gangrenés dans les escroqueries et les abus depuis des siècles. On ne fait que substituer les dirigeants, mais les bases insalubres demeurent. Au moins l'Amérique est nouvelle et ses habitants ont construit leur monde sur des bases solides, du moins à ce qu'il pârait. Ma place est là-bas pour sûr!

Sans m'en apercevoir, mes pas ont suivi un chemin qu'ils connaissent par coeur et me conduisent au bureau de poste. La façade de béton gris ornée de poutres retenant la toiture du gigantesque hall d'entrée m'impressionne à chaque fois. Les gargouilles trônant tout au somment de l'édifice de quatre étages m'observent tout en me gri-

maçant, comme pour se moquer de ma situation. Elles n'ont pas tort. À cause de ma
grande gueule et de mes convictions, je me
retrouve maintenant sans abri dans une
ville qui ne veut pas d'un polonais comme
moi.

Afin de ne pas attirer l'attention de gardes
en patrouille nocturne, je contourne l'immense immeuble pour y atteindre le pont
de débarcadère situé dans une ruelle du
côté ouest. Je localise ensuite la porte où
j'ai l'habitude de glisser mes missives à
Elsa. Situé en retrait et démuni d'éclairage,
ça me semble un endroit idéal pour passer
les quelques heures me séparant du nouveau jour, à l'abri des intempéries.

***

« Fou le camp sale clochard! » me crie la
voix aigüe provenant de la bouche d'un

homme vêtu en habit de facteur. En plus de me sortir de mon sommeil, ces paroles me font bondir sur mes pieds en un rien de temps. Sans m'en rendre compte, j'ai les poings dans les airs en face de mon visage comme un boxeur prêt à entamer un round. Le livreur de courrier se met alors à crier « À l'aide » à tue-tête. Le bruit occasionné par ces braillements alerte le voisinage qui était jusque-là toujours assoupi. Des têtes s'étirent par les fenêtres et pointent dans ma direction. Pris au dépourvu, je baisse les bras et tente de parler doucement à l'homme pour qu'il cesse cette scène dérangeante. Il ne m'écoute pas et poursuit ses lamentations incompréhensibles en gesticulant avec ses bras dans toutes les directions.

Au même moment, la porte sur laquelle j'étais adossé quelques secondes auparavant s'entrouvre. Tel un rayon de soleil transperçant la tempête dans laquelle je me trouve, le visage resplendissant d'Elsa s'y glisse. Malgré ses sourcils froncés de colère, son visage demeure toujours aussi angélique. Questionnant du regard la situation causant tout ce brouhaha, elle me reconnaît et l'animosité dessinée sur son visage se dissipe rapidement pour laisser place à un sourire enjôleur. « Jakub! Qu'est-ce que tu fais là?! ». Je n'ai pas le temps de répondre à son interrogation qu'elle explique à l'employé gueulard que je suis son ami et que c'est à sa demande que je suis présent en ce lieu. L'homme incrédule finit par se calmer et entre dans l'immeuble, nous laissant seuls.

Elsa m'invite ensuite à entrer dans le bureau de poste et à m'asseoir sur un banc de bois sur lequel elle prend place à mes côtés. De ses grands yeux bruns en forme d'amandes, elle me dévisage, attendant toujours la réponse à la question qu'elle m'a posée dans la ruelle. Je lui explique alors ma soirée dans les moindres détails. Je vois l'émotion dans son visage au fil de mon récit.

D'un ton calme, plongeant son regard dans le mien, elle m'explique que tout va bien aller et qu'elle va m'aider. Je l'attends quelques instants et elle revient avec deux tasses remplies de tisane bien chaude. Nous en buvons quelques gorgées, assis côte à côte, sans rien dire. Malgré une soi-rée et une nuit misérables, la présence de mon amie me revigore. Je me sens enfin compris et appuyé, et par une Allemande de surcroit!

Brisant le silence, Elsa me suggère alors de me reposer quelques minutes et d'aller au travail comme à l'habitude. Elle va m'at-tendre en fin de journée ici même avec une solution. Heureux d'entendre des paroles si réconfortantes, je lui fais un sourire qu'elle me renvoie. Nous terminons notre breuvage en silence, se lançant quelques regards coquins de temps à autres.

***

La journée m'a semblé interminable. Outre le fait que mes pensées ne font que ressasser les évènements de la veille, la fatigue m'accapare puisque je n'ai dormi qu'une ou deux heures et que je n'ai presque rien avalé. Mais malgré cela, une belle énergie nourrie par l'espoir m'habite alors que je suis sur le point de rejoindre ma complice. Celle-ci m'envoie d'ailleurs la main et marche à ma rencontre alors que je mets le pied sur le chemin Rohrdamm. Son sourire me laisse présager qu'elle a de bonnes nouvelles à m'annoncer.

Je n'ai pas le temps de la saluer qu'elle me prend par le bras et me tire vers le bas de la rue en m'interpellant du même coup:

« - Vite Jakub! Mon père a usé de ses contacts et tu as une audition auprès d'un agent d'immigration du bureau général Américain... et c'est dans moins de trente minutes!

- Américain! Mais c'est à l'autre bout de la zone, nous en avons pour au moins une heure de marche...

- Pas si nous courrons! ajoute-t-elle en riant ».

Son enthousiasme contagieux me donne l'énergie nécessaire pour la suivre. Je n'avais déjà pas fière allure après ma bagarre, ma nuit d'insomnie et ma journée de labeur sous les tuyaux, donc la sueur imbibant mes vêtements n'aide pas ma présentation.

C'est ainsi qu'à bout de souffle, nous rejoignons le bureau général d'occupation de la zone américaine un peu plus d'une demi-heure plus tard. Situé face à un parc au centre duquel se trouve un petit lac, l'immensité des lieux m'impressionne. Il y a plusieurs bâtiments en béton d'une hauteur de trois étages. Longs de plusieurs centaines de pieds, ceux-ci forment une muraille en forme rectangulaire au milieu de laquelle se trouve une cour où trône un bâtiment encore plus impressionnant orné de colonnes blanches sur la devanture. Un drapeau aux couleurs des États-Unis d'Amérique surplombe une petite butte devant ce même immeuble et virevolte au gré du vent. Elsa m'explique qu'il s'agit de l'ancien siège de l'armée aérienne d'Hitler. Devant toute cette immensité, se dresse une muraille gardée par une dizaine de soldats vêtus en uniforme d'apparat, arme à l'épaule. Un char d'assaut se tient en retrait. Je me sens intimidé par tout ce décorum, surtout que je ressemble à un sans-abri. J'avoue que c'est ce que je suis...

Mon amie me demande ensuite de l'attendre de ce côté de la rue pendant qu'elle la traverse et va à la rencontre des factionnaires. Elle s'entretient avec un de ceux-ci, lui exhibant un document. Après quelques secondes, elle me fait signe de la rejoindre. Escortés par un garde, nous nous rendons à une porte située à l'extrémité nord de l'immeuble servant de façade au complexe.

Une fois entrés, le militaire nous invite à prendre place sur des chaises de bois. Il demeure au garde-à-vous à nos côtés jusqu'à ce qu'un petit homme bourru, portant des lunettes sur le bout du nez, vienne à notre rencontre. Elsa lui remet un bout de papier qu'il prend soin de déchiffrer, de ses verres gros comme des fonds de bouteille.

Il m'examine ensuite de la tête aux pieds, remercie le gardien et m'invite à pénétrer dans une pièce voisine où se trouve un bureau couvert de piles de documents ainsi que deux chaises métalliques. Alors que nous sommes sur le point de s'asseoir, le fonctionnaire demande à mon accompagnatrice de patienter dans le corridor. Devant son regard inquiet, je la rassure d'un hochement de tête avant qu'elle ne quitte.

Je fais ensuite face à une batterie de questions concernant les raisons de ma présence en ce lieu. J'explique avec soin les détails des évènements ayant conduit à mon expulsion du campement de Spandau d'un Allemand franc et clair. L'agent d'immigration m'observe quelques instants avant de prendre un combiné se trouvant au travers du fouillis jonchés entre nous deux. À la lumière des bribes de discussion que je perçois, mon interrogateur s'entretient avec un responsable de mon ancienne résidence. Il hoche la tête à quelques reprises tout en gardant son regard fixé sur moi, ce qui m'intimide et m'inquiète quelque peu.

Une fois la discussion terminée, l'homme fait un nouvel appel et s'entretient cette fois en anglais. Je ne maîtrise pas bien cette langue donc je n'ai aucune idée de ce qui se trame. Une fois la conversation terminée, mon interlocuteur m'explique que ma version correspond en partie avec celle des autorités du campement quant aux gestes posés. Il me remet cependant sur le nez le fait que j'étais en état d'ébriété et que j'aie attaqué d'autres réfugiés. Ma fatigue et mon épuisement empêche la retenue des mes émotions. J'explose alors de rage. Me levant sèchement d'un bond, forçant la chaise à percuter violemment le mur, j'hurle au fonctionnaire « Mensonges! Ce ne sont que des mensonges! Ce sont eux qui m'ont attaqué! Les sales traitres! ». Au même moment, la porte derrière moi s'ouvre et le garde pénètre dans la pièce, carabine en main. Je fige d'un coup, gêné de ma réaction démesurée. Je lève ensuite les mains dans les airs, pour me soumettre. L'agent, toujours impassible face à ma colère, fait signe au soldat de sortir d'un geste de la main et d'un regard approbateur. L'intimé hésite une seconde et s'exécute.

Je suis ensuite invité à me rasseoir par l'homme aux lunettes, de sa voix aussi calme qu'au début de notre rencontre. Il me regarde un instant et j'observe un sourire se dessiner sur ses lèvres au travers desquelles je peux distinguer des dents espacées de telle sorte qu'on pourrait y insérer un « Zloty » entre chacune d'elles. Prenant bien soin d'être compris en prononçant chacun de ses mots en polonais, l'individu me dit alors:

« - On vous a chaudement recommandé vous savez, tenant en main la lettre qui a été précédemment remise par mon amie. Ce n'est pas n'importe quoi que de travailler derrière les lignes ennemies. Il ne faut pas prendre ça à la légère, ajoute-t-il »

Je suis complètement déconcerté par ce que j'entends, mais je m'efforce de demeurer de glace afin de cacher mon incompréhension. Mon cerveau s'active comme des centaines de dynamos simultanément. Qu'est-ce que le père d'Elsa a bien pu écrire dans cette missive? Qu'est-ce qu'il veut dire par « travailler derrière les lignes ennemies »?

Je n'ai pas le temps de poursuivre mes réflexions qu'une porte, que je n'avais pas observée au préalable, s'ouvre à la droite de mon intervieweur, entre une bibliothèque et un mur. Un militaire en habit d'apparat dont les épaules sont chacune ornées de quatre étoiles dorées y apparait. L'homme au nez proéminent, au visage mince et aux tempes grises salue mon interlocuteur qui se lève d'un bond, au garde-à-vous. La main au front, il prononce immédiatement « lieutenant-général! ». Surpris, je me lève aussi d'un bond. L'officier retourne le salut et se tourne en ma direction, me fixant de ses yeux bruns dissimulés sous ses sourcils touffus. D'un air jovial et d'une voix aimable, mais directive, il s'adresse à moi en Allemand:

« - C'est vous le polonais réfractaire?... Enchanté! Je suis le lieutenant-général Clay[30] de l'armée américaine. Comment vous appelez-vous?

- Jakub Dabrowski, monsieur!

---

[30] Lucius Dubignon Clay, Lieutenant-général de l'armée américaine en Allemagne de 1945 à 1947 et ensuite Général de la même armée de 1947 à 1949 (https://fr.-wikipedia.org/wiki/Lucius_D._Clay)

- Comme ça, vous avez eu maille à partir avec les occupants de votre campement? Vous les avez frappés et traités de voleurs, c'est bien ça?
- ...de Cochons et de voleurs, monsieur.
- J'adore votre fougue et votre courage mon cher ami Polonais.
- Merci monsieur... mais je ne comprends pas que vous laissez les Allemands faire de nous ce qu'ils veulent. Vous avez gagné la Guerre!
- C'est notre politique Américaine pour le moment, mais un jour les Allemands vont payer pour ça. Pour l'instant, ce sont les soviétiques qui nous inquiètent.
- Ils ne sont que de sales communistes qui crachent sur l'Église, Dieu et tout mon peuple!
- Vous êtes exactement le genre d'homme qu'il nous faut pour redresser les torts causés à votre patrie jeune homme! Monsieur Baxter ici présent va s'occuper de

vous trouver une place dans un camp polonais avant le début de votre entrainement de recrue. Bienvenue parmi nous
Monsieur Dabrowski. »

L'officier quitte ensuite aussi rapidement
qu'il est arrivé. Je suis ébahi par ce qui
vient de se dérouler. Je tente aussi de me
contenir pour ne pas démontrer à quel
point je suis décontenancé. Je ne réalise
pas ce qui vient de se produire.

Monsieur Baxter me fait signer des documents, mais ma tête est ailleurs. Il m'explique ensuite ce qui va se passer avant
mon entrainement mais tout se bouscule
dans ma tête et je ne retiens que quelques
bribes. Je comprends cependant qu'on veut
que je sois espion en Allemagne de l'Est et
en Pologne pour le compte des américains.
Je devrai au préalable subir un entrainement de militaire et faire mes classes, ce

qui devrait durer quelques mois. Après plusieurs minutes de monologue, Baxter me remet finalement un document dans une enveloppe avec l'adresse du camp où je dois me rapporter et demeurer avant le début de mon service militaire.

En sortant des bureaux gouvernementaux, je me sens tiraillé par plusieurs sentiments. J'éprouve de la joie et de l'excitation d'être engagé dans une armée qui veut s'attaquer à ceux qui ont asservi mon peuple et je suis aussi soulagé d'avoir un nouveau toit auprès des miens. D'un autre côté, je me sens redevable et contraint. Est-ce que cette mission risque de compromettre mon désir de quitter pour le nouveau monde? J'éprouve aussi de la peine, car je risque de devoir quitter une jeune femme à laquelle je commence à m'attacher. J'ai déjà vécu un certain engagement militaire dans « les forces d'opposition » alors que les nazis gouvernaient mon pays, mais je n'avais pas d'arme, pas de règles officielles, pas de devoirs outre que celui de défendre ma peau et celles de mes proches. Nous détruisions des pièges ou en installions d'autres. Nous aidions à la fuite d'espions et de déserteurs. Nous sabotions des engins militaires ou des routes. Mais là, c'est du sérieux et avec un pays qui l'est d'autant plus...

Sur ces réflexions, je rejoins celle qui a permis que cette journée passe du cauchemar au rêve. Le petit sourire forcé sur mes lèvres ne berne pas ma complice bien longtemps. Elle m'interroge quelques minutes avant que je lui relate ma rencontre et ce qui en découle. Elle demeure impassible et silencieuse une bonne partie du trajet nous conduisant à mon nouveau lieu de résidence. Sa langue se dénoue quelques pas avant le portail donnant accès au campement. Les paroles échangées sont brèves et empreintes d'une certaine retenue. Son regard fuit le mien alors que le mien n'arrive pas à se détacher de son visage angélique. J'ai le sentiment que ce qui est un nouveau départ pour moi est une fin en soi pour nous.

Juste avant que je pénètre mon nouveau « chez-moi », Elsa sort de sa torpeur et me remet une lettre. M'expliquant qu'elle est arrivée chez elle en provenance de Poznań durant la journée, elle avoue que les évènements lui ont presque fait oublier qu'elle devait me la remettre. Alors qu'elle dépose le document dans ma main, je retiens celle-ci et fait valser son corps vers le mien avant de l'embrasser tendrement, pour la première et peut-être la dernière fois.

17. STUTTGART (Reszta historii)

Des ombres valsent au-dessus de ma tête, se succédant comme des wagons de train coupant les rayons du soleil qui disparait à l'horizon. Je cligne des yeux à plusieurs reprises afin d'éclaircir ma vision, mais tout demeure flou, comme si une brume se collait sur mon visage et refusait de se disperser. Je perçois des voix lointaines et incompréhensibles au-travers du bourdonnement qui emplit mes oreilles. Je sens aussi des vibrations sous mon dos, semblables à celles que l'on perçoit lorsqu'on est passager d'un convoi ferroviaire. C'est comme si je fais partie du voyage mais que je me dirige sans effort dans une direction qui m'est inconnue. J'essaie de me lever afin de comprendre ce qui se passe, mais il n'y a aucune réponse de mes membres face aux ordres de ma volonté.

Tout-à-coup, les turbulences cessent. Une ombre s'interpose entre la lumière et moi. On dirait une forme ailée. Celle-ci descend rapidement vers moi, comme un faucon se jetant sur sa proie. Je ferme les yeux pour éviter l'attaque fatale, mais mes paupières ne s'abaissent pas. Juste avant que le rapace ne me percute, une lumière vive provenant de sa tête explose directement sur ma pupille, m'éblouissant. Ce faisceau lumineux se promène de l'orbite gauche à celui de droite alternativement pendant plusieurs secondes. Je réussis finalement à fermer les paupières sur cette agression oculaire. La noirceur ne m'a jamais aussi bien sied.

***

La lumière agresse de nouveau mes yeux, me sortant d'une obscurité sécurisante. Je ne peux contrôler mes paupières qui sont retenues par quelque chose. Je dirais plutôt par quelqu'un, car je parviens à distinguer un visage dont la bouche et le nez sont couverts d'un masque. J'entends le bruit d'une voix étouffée que je n'arrive pas à décrypter. L'individu au visage caché brandit trois doigts devant mon regard. Après une brève hésitation, je réponds « trois », mais je n'entends pas ce que je viens de prononcer. On me libère alors les yeux de telle sorte que je peux enfin les lubrifier. Après plusieurs clignements, je découvre enfin ce qui m'entoure. Je suis alité dans des draps blancs au milieu d'une pièce dont les murs sont constitués de rideaux tout aussi blancs. La personne portant un couvre-visage est en fait une garde-malade vêtue tout de blanc qui quitte rapidement les lieux. Toute cette blancheur combinée à l'éclairage des ampoules à tubes fluorescents logées au plafond brutalise mes cornées.

Je tente de lever mes épaules du matelas mais une douleur lancinante et vive en provenance de ma main droite me fait retomber sur mon oreiller. Je ressens alors une faiblesse généralisée de mon corps, comme si toute mon énergie me quittait d'un coup. La pièce se met ensuite à tourbillonner. Les rideaux, le plafond et le sol jouent à la chaise musicale tout autour de moi. Je ne résiste pas longtemps à ce manège et un « haut-le-coeur » expulse un jet de bile de ma bouche. Je prends de grandes inspirations par le nez en fermant les yeux pour reprendre le contrôle. Après quelques instants, la tempête se calme. J'ouvre de nouveau les paupières. En tentant d'essuyer mon front de la sueur chaude y coulant, je constate qu'un cathéter limite les mouvements de mon bras gauche.

Je n'ai pas le temps de déterminer quel liquide circule dans mes veines que la
femme masquée est de retour en compagnie d'un homme au crâne dégarni flanqué
d'une fine moustache grise. Il porte un sar-
rau dans lequel ses mains disparaissent. Un
stéthoscope pend sur sa poitrine. Je
constate que ses lèvres bougent, mais je
n'entends pas les paroles qui en sortent. Je
me touche l'oreille en effectuant un signe
négatif de la tête. Le soignant cesse alors de
bouger, me regarde un instant et quitte la
pièce avant d'y revenir quelques secondes
plus tard. Il est alors muni d'une planche
de bois installée sur un charriot sur laquelle est installé un tableau vert. Sa
bouche s'active de nouveau. Avec un certain retard, la garde-malade griffonne des
lettres, qui deviennent des mots, à l'aide
d'une craie laissant des traces blanches sur
l'ardoise. Je distingue ainsi des écrits en Allemand.

Après plusieurs minutes où le médecin fait faire la dictée à son assistante, je parviens à comprendre ce qu'il est advenu de moi. J'apprends ainsi que je me trouve à l'hôpital de la base militaire de Stuttgart. J'ai perdu beaucoup de sang suite à une grave coupure à la main droite. J'ai passé plusieurs jours dans un coma après avoir été récupéré par une patrouille militaire à proximité d'une tour radar sur le mont Birkenkopf. Si les secours n'étaient pas intervenus rapidement, je serais sûrement mort en me vidant sur place. Mon agresseur n'a pas eu la même chance que moi.

Des parties de souvenirs me reviennent graduellement en mémoire, comme des pièces d'un casse-tête qui s'assemblent. Je me rappelle avoir été attaqué, mais une brume embrouille la clarté des images dans ma tête. Selon le docteur, je devrais recouvrer l'ouïe dans les prochains jours. Je dois donc me reposer pour récupérer des forces afin de reprendre du service.

***

Tel un prisonnier, je marque d'un trait de crayon chaque journée passée dans ma chambre sur l'endos de la page couverture de mon édition de chevet du Nouveau Testament. Vingt-et-un levers de soleil ce matin. Bien qu'on m'ait transféré dans une pièce disposant d'une petite fenêtre, je n'ai pas encore pu sortir à l'extérieur depuis mon hospitalisation. Tout comme je n'ai pas pu correspondre avec mes proches ni recevoir de courrier. Les raisons évoquées par les responsables du centre changent à tous les jours. Je commence à me poser de sérieuses questions quant à la validité de celles-ci, surtout que je suis presque complètement rétabli. J'ai une certaine perte de dextérité de la main gauche et une perte d'audition, mais rien de grave.

Je n'ai croisé aucun autre patient depuis mon arrivée. On dirait qu'on veut éviter de révéler mon existence. Mais pourquoi exactement? Pourtant, je ne suis pas encore un vrai espion. Quelques semaines avant l'incident qui m'a conduit ici, j'ai reçu une lettre contenant mon ordre de mission, à détruire une fois lue. C'était enfin le début de mon rôle de taupe qui allait commencer, après un peu plus d'un an d'entrainement. Je serais positionné près de la frontière Polonaise, à Frankfurt-sur-l'Oder. Le transport qui me conduirait à destination devait arriver d'une journée à l'autre. Du moment que je quittais Stuttgart, je deviendrais un fantôme au sein de l'armée américaine. Mais ce n'était pas encore officiel, selon ce que j'en comprenais. À moins que...

Je n'ai pas le temps de pousser mon raisonnement que la porte de ma chambre s'ouvre. Un officier vêtu d'un uniforme d'apparat beige pénètre les lieux. Je me mets immédiatement au garde-à-vous. Bien que je me rase la barbe à tous les jours, je suis toujours vêtu d'une espèce de pyjama vert pâle, ce qui ridiculise les salutations. L'homme un peu trapu, porte un béret sous son bras gauche. Malgré sa mi-soixantaine, il se tient droit comme une barre. Les multiples décorations sur sa poitrine ajoutent à sa prestance.

Après m'avoir invité à rompre, le lieutenant me remet un petit boitier qu'il m'invite à ouvrir. Je m'assieds alors sur mon lit et relève le couvercle de bois foncé. Je suis à la fois confus et émerveillé par ce que j'y retrouve. Il s'agit d'une médaille dorée ornée de cinq « pétales » de couleur blanche aux contours lignés rouges formant une espèce de fleur dont le centre est constitué d'un cercle marine ornée de treize étoiles dorées. Le médaillon est rattaché à un ruban bourgogne. Devant mon regard interrogateur, l'officier m'explique qu'il s'agit de la croix de la « Legion of Merit ». Quelque peu gêné, je m'adresse alors à l'homme de haut rang:

« - C'est magnifique, mais qu'est-ce que ça signifie?

- Il s'agit d'un honneur remis pour une conduite exceptionnelle lors d'un conflit armé.

- Et pourquoi vous me montrez cela, Monsieur?

- Dabrowski, votre défense de la tour de communication au péril de votre vie, que vous avez d'ailleurs failli perdre, mérite cette décoration. C'est un honneur grandement mérité que vous pourrez porter fièrement dès votre retour chez vous.

- Mon retour chez moi?

- Oui mon cher. Suite à vos gestes héroïques et aux blessures que vous avez subies, les forces armées américaines vous libèrent de vos engagements.

- Mais je n'ai jamais demandé ça... Je suis presque complètement rétabli et je vais bientôt être apte à mon retour sur le terrain pour ma mission.

- Dabrowski, ce n'est pas un avis que je vous demande, c'est un ordre! »

Sur ce commandement sans équivoque sommé d'un ton sec et ferme, le lieutenant me remet une enveloppe dans laquelle se trouvent mes documents de retraite de l'armée ainsi qu'un chèque monétaire pour mes services rendus. L'officier, toujours debout et immuable, me salue. Je me lève rapidement et fait de même. Il tourne les talons et quitte la pièce, laissant la porte ouverte derrière lui en ajoutant sans me regarder « un soldat viendra récupérer votre lettre de retraite signée demain matin, n'y manquez pas! ».

La bouche béante de stupéfaction, je ne sais que répondre. Je me contente d'un silence. Je sens mes ongles pénétrer la paume de mes mains sous la pression exercée par mes poings fermés. La chaleur du sang injecté dans les vaisseaux sanguins de mon visage rend ce dernier pourpre. Ma vision est envahie de «flash» lumineux blancs. Mon étourdissement vient à bout de mes jambes et je m'affaisse sur mon lit. Je suis essoufflé comme si j'avais couru un sprint Olympien. Je n'accepte pas cette manipulation dont je suis victime. Tout d'abord, on m'engage dans l'armée sans me laisser d'autres choix que le service militaire ou l'itinérance. Ensuite, on me forme afin que je retourne dans mon pays, que j'ai quitté pour fuir le communisme. Maintenant, on décide que je ne suis plus apte à servir. Comme si les sacrifices de la dernière année n'ont servi à rien. Du coup, on me jette comme un vulgaire déchet. On me considère comme un invalide. Une larme de rage coule sur ma joue et je sers les dents pour retenir un cri de colère.

Après plusieurs minutes à renfrogner, faisant les mille pas, je m'immobilise finalement, les yeux posés sur la Bible se trouvant sur ma table de chevet. Je prends celle-ci, et la lève au bout de ma main, prêt à la jeter contre le sol. J'hésite un instant. Prenant une grande respiration, je ferme les yeux et me rappelle les enseignements du catéchisme reçus à l'église de mon village, un endroit où j'adorais me retrouver. Je baisse le recueil et m'assoie sur le matelas. J'ouvre celui-ci au hasard et tombe sur le livre des Proverbes, partie de l'Ancien Testament que je ne feuillette jamais. Une

partie du texte est souligné au crayon :
« L'attente des justes n'est que joie, mais
l'espérance des méchants périra[31] ». Je relis
ce passage à plusieurs reprises et finis par
me convaincre que ma patience sera bientôt récompensée.

***

Lorsque le soldat annoncé la veille, pénètre
dans ma chambre, je suis réveillé depuis
longtemps. Je l'attends, debout face à la fenêtre, admirant le bleu du ciel. Je porte des
vêtements civils remis par une garde-malade bienveillante. « Les documents sont
sur la table et signés » lui dis-je, sans même
le regarder. J'entends l'homme prendre
l'enveloppe et la manipuler pour en sortir
le contenu. Après quelques bruissements
de papier, le militaire m'ordonne de le

---

31 Bible, Ancien Testament, Livre des Proverbes, Cha-
pitre 10, verset 28.

suivre. La tête haute, je suis le pas de ce dernier jusqu'à la sortie du complexe militaire.

Les grillages se referment derrière moi. Le cliquetis du métal sonne dans mes oreilles comme un chant de Cor annonçant un nouveau départ, avec pour destination finale la liberté. Je n'ai pas fermé l'oeil de la nuit, mais je me sens revigoré. J'ai réalisé que mon licenciement des forces armées n'est pas une finalité en soi, mais plutôt un commencement. J'ai espoir en mon futur car je suis enfin libre de faire ce que je veux. Il faut dire que les deux mille dollars octroyés par le gouvernement Américain pour me dédommager vont me donner un sérieux coup de pouce pour y parvenir. Je possède maintenant la liberté de mouvement ainsi que les moyens pour atteindre mon objectif. L'Amérique m'attend.

18. NOWY ŚWIAT (Nouveau monde)

Le vent côtier, armé de fines gouttelettes de bruine, cingle mes joues. Malgré mes yeux plissés, mon regard parvient à apercevoir la silhouette rocailleuse de falaises bordant les côtes du nouveau monde. Après quatorze jours en mer, ce décor m'emplit de joie et surtout de soulagement. Ce n'est pas que je n'avais pas confiance en la coque du Castle Bianco, mais la tempête que nous avons traversée a été difficile pour mon estomac et pour le moral des passagers. Des canots de secours et des vivres ont passé par-dessus bord, avalé par d'énormes vagues. Cette intempérie a retardé notre arrivée au Canada.

Pendant que j'observe les rives parsemées de conifères, je me remémore mon dernier mois sur le vieux continent. Du moment où j'ai pris conscience que ma retraite forcée de l'armée signifiait plutôt une libération, toutes les opportunités se sont ouvertes devant moi. Il faut dire que le fait de posséder des documents d'identité à l'effigie de l'armée américaine m'a facilité le passage aux frontières. Ça ne m'a pris que deux jours pour atteindre Zurich, alternant entre la marche et comme passager sur des convois de transport routier. Une fois la citée Suissesse atteinte, il m'a été facile de trouver un transporteur ferroviaire se rendant en Italie. Mon objectif consistait à emprunter la mer méditerranéenne à partir du pays des Romains pour ensuite naviguer sur l'Atlantique jusqu'en Amérique. Selon mes recherches, il y avait plusieurs traversées de l'Océan en partance de la République italienne. Un lien étroit s'était créé au début du siècle entre la population de ce pays et les villes du nord des États-Unis d'Amérique, comme New York. Bref, il m'était plus facile d'y avoir accès. Et ce fut le cas puisque dès mon arrivée à Naples, j'ai appris qu'un navire quittait pour l'Amérique et qu'une halte au Canada y était prévue. C'était ma chance.

Depuis mon arrivée à bord, je relis sans cesse le télégramme reçu de ma tante Agnieska il y a quelques semaines:
« JAKUB NOUS SOMMES HEUREUX DE TA VENUE AU CANADA STOP NOUS ATTENDONS TON ARRIVEE A MONTREAL STOP COMMUNIQUE AVEC NOUS QUAND TU Y SERAS STOP IL Y A DU TRAVAIL POUR TOI DANS NOTRE VILLE MALARTIC STOP PRUDENCE STOP AGNIESKA STOP»[32]

Dès que j'ai eu mon congé des forces armées, il m'est apparu évident que mon avenir se trouvait au Canada. Mes multiples correspondances avec ma tante y résidant

---

[32] Traduit du Polonais

depuis le début des années 1930 m'ont convaincu qu'il s'agit d'un lieu parfait pour ma future vie. Tel que décrit par la nièce de mon père, le climat ressemble à celui de notre pays et il y a une multitude de lacs et de rivières pour taquiner le poisson.

Tout-à-coup, le changement de paysage attire mon attention. Une baie apparait devant nous au milieu des berges devenues monotones. En plein centre de celle-ci, une île se dresse, faisant office de gardienne de l'estuaire. La proue change alors de cap et pointe vers cette embouchure. Navigant alors entre cette parcelle rocheuse et la rive, j'observe plusieurs pêcheurs s'immobiliser et saluer le passage du mastodonte des mers. Un peu plus loin, sur une langue de terre pénétrant la baie, je peux observer de hautes cheminées cracher de la fumée ainsi que plusieurs embarcations à quai.

Des papillons s'affolent alors dans mon estomac à la vue de cette destination finale.

Après quelques minutes qui me paraissent une éternité, j'entends finalement retentir le sifflement du puits d'échappement du paquebot. En provenance de la salle des machines, ceux-ci retentissent comme un dernier souffle avant de rendre l'âme. Je m'empresse alors d'emboiter le pas aux autres passagers. J'en profite aussi pour rejoindre mon compagnon de cabine Marko, un Ukrainien avec qui je suis devenu ami et qui cherche comme moi le bonheur et la prospérité dans cette nouvelle contrée libre. Collés comme des sardines dans une boîte de conserve, nous déambulons sur le quai de débarquement. Un drapeau rouge arborant « l'union Jack » en plus petit dans son coin supérieur gauche virevolte sous la brise maritime. À cette vue, le poil se dresse sur mes bras. Je suis excité et ému en même temps.

Alors que mes pieds touchent enfin la terre ferme, une passagère allemande se jette au sol, sur ses genoux et embrasse le sol boueux à de multiples reprises tout en priant au ciel. La scène est émouvante et amusante à la fois. Je remercie aussi le Seigneur pour être parvenu à bon port sain et sauf. Je me garde cependant une petite gêne pour les baisers.

Deux hommes vêtus de tuniques rouges et coiffés d'un étrange chapeau brun de style « cowboy » nous observent du haut de leurs chevaux. Il s'agit possiblement d'officiers de l'ordre puisqu'ils portent ostensiblement des pistolets à la hanche. D'autres policiers vêtus du même uniforme nous indiquent le chemin à suivre vers un bâtiment de bois situé à l'autre bout du port où une file humaine se crée rapidement. Ayant peaufiné ma connaissance de la langue de Shakespeare lors de mon passage dans l'armée américaine, je suis en mesure de parler et même lire l'anglais. Sur un écriteau gravé à même le bois au-dessus de la porte de l'immeuble, je peux déchiffrer « Halifax immigration office »[33].

Lorsque mon tour arrive au comptoir de la réception, la noirceur s'est installée sur le port. Les lumières des usines et des résidences se reflètent sur l'eau de la baie devenu calme comme sur un miroir. M'adressant à un contrôleur du bureau d'immigration, je dois répéter mon nom à plusieurs reprises et même l'épeler (ce qui se reproduira à d'innombrables reprises tout au long de ma vie) pour être certain que tout est bien écrit sur mes documents d'entrée

---

[33] Bureau d'immigration d'Halifax.

au Canada. Lorsque l'officier me demande de choisir la raison de mon arrivée au pays, je ne suis pas certain de la « bonne » réponse à donner. Après quelques hésitations, je mentionne que je suis immigré en ce lieu dû à mon statut politique.

***

C'est un sifflement de locomotive qui me sort de mes rêvasseries. Attroupés dans un wagon de marchandises, nous sommes une cinquantaine entassés comme des bêtes. Malgré l'inconfort des lieux, je ne suis pas mécontent de quitter Halifax deux semaines passées dans un campement de « quarantaine » en retrait de la ville. Durant ce séjour, plusieurs passagers du navire ont été transportés dans un lieu inconnu après être tombé malade. La « maladie des mains sales[34] » semblait se propager. Heureusement, j'en fus épargné. Plusieurs de mes camarades de fortune ont quitté en compagnie de membres de leurs familles venus les rejoindre. Je fais partie d'un groupe se rendant à la ville de Montréal. Selon un responsable du camp, il s'agit d'un trajet d'environ 26 heures. Espérons qu'il y aura quelques arrêts car le manque de toilettes risque de causer des désagréments à long terme, surtout pour la gente féminine...

Après environ dix heures de parcours sur les rails en direction de l'Ouest, le froid a gagné le wagon en entier. L'absence de fenêtres fait en sorte qu'il est difficile d'estimer l'heure actuelle. De petits groupes de gens se sont formés et se collent afin de se réchauffer. Je suis avec une famille d'Italiens venant retrouver des cousins à Mont-

---

[34] Connu aujourd'hui sous le nom de Choléra

réal. M. Santarossa m'explique que selon ce qu'il a entendu dire, nous serons conduits dans un nouveau « campement » une fois arrivés dans la grande ville. Nous serons ensuite conviés à des entrevues auprès d'employeurs recherchant de la main-d'oeuvre ou bien des promoteurs sportifs espérant dégotter une perle rare. Toujours selon l'homme, il y a beaucoup d'emplois dans les usines du pays pour de nouveaux arrivants comme nous. Peut-être est-ce ma chance de faire valoir mes talents de pugiliste? J'étais invaincu chez les boxeurs novices de Poznań. Je pourrais peut-être gagner ma vie ainsi? Comme on dit: « En Amérique, tout est possible! ».

***

Incapable de continuer à supporter les odeurs de défections et de vomissements, j'ai décidé de sortir à l'extérieur du wagon.

Je suis assis sur le châssis situé juste au-dessus de l'essieu arrière de mon compartiment. C'est dangereux et frisquet, mais beaucoup moins désagréable. De toute façon, il ne reste que deux heures de trajet selon un cheminot de la gare du village que nous venons de quitté, Drummondville.

Soudainement, la locomotive diminue drastiquement sa vitesse, créant un effet d'accordéon sur les fourgons. Je m'agrippe au dernier instant pour ne pas me retrouver écrabouillé sous les roues. Je me sors alors la tête légèrement sur le côté du wagon, mais pas trop pour ne pas être atteint par une branche. Mes yeux sont alors ébahis par le paysage s'y dérobant. Nous arrivons dans une clairière, aux abords d'une multitude de bâtiments longeant une immense rivière, ou plutôt un fleuve. De l'autre côté de ce cours d'eau se trouve un port maritime où de multiples paquebots naviguent. Derrière les bâtiments navals, des usines et maisons à perte de vue semblent grimper une montagne couverte d'arbres arborant leurs manteaux de feuilles aux couleurs automnales. Au-travers de la fumée des cheminées, je peux distinguer une énorme croix surplombant le sommet de ce mont. Ça doit être ça Montréal.

Observant les réverbères s'allumant graduellement sur la ville en même temps que la lueur du soleil s'estompe, je sens une nouvelle secousse de la locomotive. Nous enjambons alors la rivière sur un pont parsemé de treillis métalliques. Nous poursuivons ensuite notre trajet jusqu'à un immense terminal situé sous un immeuble de béton gris. Avant d'y pénétrer, je peux apercevoir l'imposant dôme cuivré d'une cathédrale. Cette toiture me réchauffe le coeur et me confirme que j'ai fait le bon choix en optant pour le Canada comme terre d'exil. C'est évident que les habitants de ce pays ont toujours foi en Dieu.

Lorsque la locomotive s'immobilise, je saute rapidement sur la rampe d'accès et me rends au quai de débarquement. Je suis alors accueilli par un portier vêtu d'un habit noir et portant un couvre-chef haut de forme. Celui-ci s'adresse à moi en français, une langue que je ne connais pas. Me pointant une direction, je suis celle-ci et pénètre ensuite dans un vaste hall vitré. Les lieux sont bondés de gens malgré l'heure tardive. Observant les lieux, je suis ensuite ramené à l'ordre par mon compagnon de wagon qui m'invite à le suivre. Il semble savoir où se rendre.

Moins d'une heure plus tard, tous les nouveaux arrivants sont installés au beau milieu d'une grande salle se trouvant au sous-sol d'un hôtel situé à deux pas de la gare. Nous sommes au moins une centaine. Selon ce que j'en comprends, il y a des gens en provenance d'autres trains et de navires. Je reconnais plusieurs dialectes d'Europe de l'Est parmi la foule. Je me fraie ensuite un chemin, valise à la main, jusqu'au pied d'une estrade ou des membres du clergé, des « soeurs » et des hommes en habits s'affairent à proximité d'un haut-parleur.

Un homme vêtu d'un complet noir prend alors le microphone et s'adresse à la foule d'un anglais pourvu d'un accent que je ne connais pas. J'ai de la difficulté à tout saisir ce qu'il explique. À ce que j'en comprends, ces dires corroborent ceux de mon ami italien. Il ajoute également que nous sommes libres de quitter les lieux et de tenter notre chance dans la ville par nos propres moyens. Cependant, on nous offre le logis et des repas jusqu'à ce que des employeurs nous recrutent.

***

Les quintes toux et les reniflements bercent mes nuits depuis maintenant quinze jours. Couché sur mon lit de camp, je ne trouve plus le sommeil. Le chant du coq n'a pas encore retenti que je songe sérieusement à quitter ce gymnase pour de bon aujourd'hui même. On nous a annoncé hier que des « boss » s'en venaient ce matin pour nous auditionner. Je suis excité par ces nouvelles opportunités, mais aussi tanné de cette longue période d'inactivité. Je me suis permis quelques brèves sorties en ville, mais j'ai passé le plus clair de mon temps à jouer aux cartes avec d'anciens soldats des Pays-Bas. Je dois cependant avouer que ma visite d'un secteur près d'une rue nommée St-Denis (Dieu ait son âme) m'a beaucoup plus! Ça ressemblait à ce que d'anciens frères d'arme m'ont décrit comme étant le « Red Light » de Paris. La basse ville a des airs européens avec ses rues de pierres et ses immeubles aux allures médiévales. Je m'y sens un peu comme chez moi.

Je me suis préparé un discours à énoncer à mes auditeurs qui doivent se pointer sous peu. Je veux mettre l'accent sur mon service militaire sans reproche. Pour l'occasion, je vais arborer ma médaille sur la devanture de mon habit. La fiabilité d'un soldat ne peut que plaire à un patron. Je vais aussi faire mention de mes expériences comme plombier et fermier. Bref, il faut qu'on sache que je suis un travaillant. Si je me trouve un bon emploi en ville, je pourrai ensuite me dégotter un logement et qui sait, peut-être même une maison. Bien que ma tante m'ait invité à la rejoindre, les réactions de gens à qui j'ai parlé de la région où elle habite m'ont découragé. Les yeux ronds, on m'a expliqué que seules les mouches y survivaient l'été et que l'hiver y était interminable. Il est impossible d'y faire pousser quoi que ce soit car le sol est infertile et gelé en permanence. Rien pour m'y attirer.

Ça y est, les hommes en complet-cravate font leur entrée par la grande porte située au bout de la salle. Comme des seigneurs, ils se sont fait attendre jusqu'en milieu de journée. Et comme des serfs, nous avons patienté avec hâte et nous sommes maintenant prêts à les servir.

Des instructions nous sont alors dictées : « Mettez-vous tous en rang, les pieds sur la ligne au sol. Les hommes vêtus en sous-vêtements et les femmes en habillement légers ». Bon, une partie de ma stratégie de séduction qui vient de tomber à l'eau. Après qu'on m'ait remis une étiquette sur laquelle mon nom est inscrit, je me positionne en ligne, tout juste entre mes amis Néerlandais. La petite bannière est reliée à une corde que je dois me mettre au cou.

C'est alors que les auditions commencent. Un patron grassouillet arborant un chapeau melon, une moustache graisseuse avec un cigare à la bouche s'amène. Il examine de la tête au pied un italien au bout du rang. Son assistant « tapote » les bras, le torse et les jambes de l'immigrant. À la demande du « big shot », il lui fait ensuite ouvrir la bouche et écarter la mâchoire, tout en y comptant le nombre de dents. Il termine finalement son examen par une vérification du cuir chevelu avec une lampe-torche et un peigne. Il exécute le même rituel au Bulgare placé à ses côtés ainsi qu'à sa femme et ce, sans aucune retenue. Cette vue me dégoutte. On dirait une inspection Nazi faite à des Juifs au camp d'Auschwitz. Un ami de la famille, Zion Dvoske, y avait survécu et lorsqu'il nous relatait cette histoire, j'étais envahi par des frissons d'effroi.

Cependant, ce n'est pas ce sentiment qui m'envahit aujourd'hui, mais plutôt celui du dégout et de la rage. En voyant ces « inspections de bétails », je sens le sang me monter à la tête. Mon visage devient rouge et mes poings se serrent. Une seule envie m'habite à présent, celle de sauter sur cet immonde porc et le battre! Comment un pays qui se dit civilisé peut-il autoriser ce type de gestes ingrats? Mon voisin de rang me donne un coup d'épaule et me demande si tout va bien. Je reprends alors mes esprits. J'inspire profondément, regarde vers le ciel (plafond) un instant... et quitte les rangs.

***

« - Opératrice, j'aimerais avoir le
819-757-5555 s'il vous plait.
- Parfait monsieur, veuillez patienter...
- Merci.
- ...Ça y est, vous êtes en contact.
- Bonjour, qui est-ce?
- Bonjour ma tante, c'est Jakub. Je m'en
viens vous rejoindre! »

19. ABITIBI

Le menton accoté sur ma main, j'admire les multiples monts couverts de forêt aux feuilles jaunes et épines vertes qui se pointent à perte de vue. Elles se suivent et s'entrelacent tout au long de la route qui se fraie un passage au-travers de celles-ci. Les montagnes sont séparées par tant de lacs et de rivières que j'en ai perdu le compte. J'imagine tous les poissons s'y cachant, n'attendant que d'y être pêchés. Ce décor n'est pas sans me rappeler les vallées de ma Pologne natale. C'est une nostalgie qui envahit mes pensées et me procure un sentiment de sécurité dans toute cette nouveauté que m'apporte mon arrivée sur cette terre d'adoption.

Il y a déjà plus d'une heure que l'autobus a effectué son dernier arrêt dans un petit village nommé Mont-Laurier. Depuis, la civilisation a laissé place à mère nature. Outre le bitume sur lequel nous roulons, il n'y a aucune trace de civilisation. C'est comme si le chemin se créait devant l'autocar argenté à bord duquel une vingtaine de passagers prennent place. J'ai entendu un de ceux-ci mentionner que nous étions dans un lieu de protection de la nature et de la faune qu'il a nommé « Parc La Vérendry ».

Depuis mon appel téléphonique à ma tante, tout s'est passé rapidement. Celle-ci m'a expliqué où me rendre pour prendre un autobus me conduisant jusqu'en Abitibi-Témiscamingue. Selon elle, il est beaucoup plus rapide d'utiliser ce moyen de transport depuis que la route a été construite entre Montréal et la région il y a une dizaine d'années. Elle s'est que tout serait bien organisé en payant elle-même mon billet. Je devais ensuite me présenter au chauffeur, Hermel Paquin, un ami de son mari, qui s'assurerait que tout se passe bien. Je reconnais bien là, la bienveillance de ma tante Agnieska. Elle a quitté notre pays alors que je n'étais âgé que de cinq ans, mais les souvenirs que j'en ai ne sont que bonté et générosité.

Selon le chauffeur, il en prendra une douzaine d'heures pour parcourir les quelques 550 kilomètres reliant Montréal à ma destination finale. Il faut dire que l'autocar s'arrête dans plusieurs villages tout au cours du trajet. J'en profite pour y observer les gens qui montent et descendent au gré des haltes. Ceux-ci ne ressemblent pas à ceux que j'ai croisés dans la ville. Ils portent des vêtements de « paysan » je dirais, soit plus amples et adaptés pour les tâches physiques. Je détonne de la masse avec mon habit complet, ma cravate et mon chapeau « trilby ». Je m'étais procuré le tout chez le tailleur Gérard Mayeu du

Mont-Royal, sous les conseils d'un Irlandais rencontré au campement. Tout ça pour épater mes futurs employeurs. Il me servira peut-être pour une autre occasion.

Tous les hôtes sont joviaux. Ils sourient et rient de bon coeur. Certains chantent tandis que d'autres se contentent de lire des journaux. Contrairement aux gens de la ville, ils parlent pratiquement tous le français, ou du moins un dérivé de cette langue. Je vais devoir m'efforcer de l'apprendre si je veux fonctionner dans ce coin de pays.

Tout à coup, l'autocar ralentit et s'immobilise en bordure de chaussée. Je cherche du regard la cause de cet arrêt impromptu au milieu de nul part, sur le bord d'une chute se jetant dans une rivière. Les coups de Klaxons du chauffeur me font sursauter. Après quelques instants, j'observe deux hommes et une femme sortir du bois en empruntant un petit sentier. Il y a un homme trapu âgé dans la quarantaine et portant un baluchon sur l'épaule à la « Hukleberry Finn ». Vêtu d'une veste à carreaux, il marche d'un pas décidé vers l'entrée du véhicule. Il est suivi d'un couple d'aborigène âgé dans la vingtaine. La beauté de la jeune femme m'éblouit. Ses yeux bridés, ses cheveux lisses d'un noir d'ébène ainsi que ses petits traits fins lui donnent un air mystique. Ses vêtements, tout de cuir brun avec de multiples lanières pendouillantes ainsi que des motifs colorés les tapissant, ajoutent à cette aura. Je ne peux la quitter du regard, c'en est presque gênant.

C'est la chemise du bûcheron se tenant maintenant droit devant moi qui me coupe la vue sur cette beauté et qui me ramène du même coup à l'ordre. L'homme me parle alors en français tout en pointant le siège situé à ma droite. Bien que je ne saisis pas ce qu'il me dit, je comprends qu'il veut s'asseoir sur le banc libre. J'en retire mes effets personnels et acquiesce de la tête. Il prend rapidement place et se met à me parler très rapidement de sa voix forte et rauque. Après quelques phrases, il constate que je ne comprends rien à ce qu'il raconte. Il se met alors à rire de bon coeur et m'adresse ensuite la parole en anglais.

L'homme, qui se présente comme étant Pierre Authier est un habitant d'un village nommé Val-d'Or, où il retourne d'ailleurs aujourd'hui grâce à ce transport. Il était venu rendre visite à des amis Algonquins dans le parc. C'est un vrai moulin à paroles, mais il est bien sympathique. J'apprends qu'il travaille pour une compagnie forestière, la C.I.P., depuis un peu plus de trois ans déjà. Il travaillait auparavant dans une mine d'or, mais l'humidité et la poussière se trouvant dans les tunnels souterrains commençaient à avoir raison de sa santé. De plus, la catastrophe de la mine Est-Malartic[35] il y a quelques années, où plusieurs hommes ont trouvé la mort, l'a convaincu de quitter. Il a donc opté pour le grand air et la nature. Il m'explique aussi que les mineurs sont souvent traités comme des esclaves par les « boss » et qu'il en avait assez de subir ça. Depuis qu'il est en forêt, il se sent libre.

Lorsqu'il apprend que je me rends à Malartic, il s'en voit ravi. Toute sa famille y réside. Malgré son amertume pour le travail sous terre, il m'informe qu'il a encore quelques contacts dans le monde minier et qu'il pourrait facilement me faire

---

[35] Incendie survenu le 24 avril 1947 et ayant causé la mort de 12 mineurs.

« rentrer » à la mine GoldFields ou encore à la Canadian Malartic.

Par la suite, nos discussions, ou plutôt son monologue, s'orientent vers la vie en Abitibi. Étant tout comme moi un fanatique de la pêche, Authier me parle des « spots » de pêche au doré, un succulent poisson à la peau... dorée! Selon lui, le Lac Mourrier est un endroit excellent pour capturer ce beau spécimen d'eau douce. Cependant, si je préfère la pêche plus sportive il me suggère le lac Malartic pour y capturer du brochet ou encore de l'achigan.

Alors que je vois se pointer la fumée des usines de Val-d'Or au dessus-de la cime des épinettes, mon partenaire de siège me met en garde contre les risques de fréquenter certaines rues de Malartic. Celles-ci recèlent quelques relents d'un ancien village voisin nommé « Putainville »[36]. Il y a d'ailleurs lui-même ruiné son mariage. De plus, si jamais le curé Renaud[37] apprenait qu'un fidèle de sa paroisse a de mauvaises fréquentations, il ne lésinerait pas sur les châtiments à la confesse. Il faut dire que ce dernier est pas mal à cran avec tous les délais qui s'accumulent pour la construction de la nouvelle église. Il faut le comprendre car ça fait plus de six ans que l'ancienne a été ravagée par un incendie.

Soudainement, la voix infatigable de mon interlocuteur devient sourde et mon attention est entièrement dirigée vers la ville qui se dévoile devant mes yeux. Après plus de six heures de forêts et de lacs, plusieurs immeubles semblant sortir tout droit d'un

---

[36] Connu sous le nom de Roc-d'Or jusqu'en 1943 (1948)

[37] J. Albert Renaud, curé de la paroisse St-Martin-de-Tour, dont fait parti Malartic, de 1936 à 1953

film Western apparaissent au milieu de nulle par, tout comme des champignons sortant de l'herbe longue. Au travers des bâtisses affichant des devantures de toitures aux formes rectangulaires ou à gradins, j'espère voir apparaitre John Wayne coiffé de son fameux chapeau de cowboy, arborant son foulard mythique.

Sur la 3e avenue, qui est large comme trois rues de Poznań, circulent une multitude d'automobiles. Il y a des boutiques, des bars et des restaurants munis d'affiches illuminées. Bien que le début de soirée soit frisquet, il y a foule sur les trottoirs. Des gens pour la plupart jeunes et bien vêtu. Une telle effervescence est remarquable dans un endroit aussi éloigné. On se croirait dans un certain quartier de montréalais que j'ai visité lors de mon séjour.

Après une halte d'environ une demi-heure, où j'en profite pour saluer mon nouvel ami qui a pris soin de me laisser son adresse au cas où, l'autobus redémarre vers l'Ouest. Quelques minutes plus tard, je peux observer les milliers d'étoiles composant le firmament Abitibien qui se reflètent sur les flots d'une rivière que nous enjambons avec l'aide d'un pont. Par la suite, lorsque le conducteur annonce qu'il ne reste que cinq minutes avant d'arriver à Malartic, mon estomac se noue. Je ne comprends pas pourquoi je suis si nerveux d'arriver en ce lieu, moi qui en a pourtant vu plus d'un au cours des dernières années. C'est peut-être parce qu'au fond de moi je sais qu'il s'agit de la destination finale de ce long périple qui a débuté il y a maintenant plus de deux ans.

Je n'ai pas le temps de tomber dans la mélancolie puisque plusieurs tours de mines

illuminées, surnommées « shafts », se succèdent. Elles annoncent notre arrivée en
ville. Tout comme dans l'agglomération
précédente, les immeubles ont des allures
de « Boomtown ». Alors que j'apprivoise du
regard mon nouveau chez-moi, l'autobus
s'immobilise devant un grand bâtiment
couvert de briques bourgognes. Sur la devanture du toit du perron de l'édifice sont
inscrits des mots que je ne peux déchiffrer:
« Hôtel Château Malartic ».

Je ramasse rapidement ma petite mallette
et descends du transport, en prenant bien
soin de saluer le chauffeur. À peine ai-je
déposé mes pieds sur le ciment du trottoir
que j'entends: « Jakub, Jakub, jesteśmy tutaj !»[38]. Interpellé par cette voix féminine
scandant mon prénom en Polonais, je lève
le regard. Je reconnais ainsi ma chère tante

---

[38] « Jakub, Jakub, nous sommes ici! »

qui m'envoie la main avec énergie. Bien qu'elle ait prise un peu de poids, elle a toujours le même visage souriant et chaleureux. Je lève alors mon couvre-chef dans les airs et la salue, tout en me levant sur le bout des pieds afin de surplomber tous les passants.

Sans quitter ma tante des yeux, je me dirige en sa direction d'un pas décidé. J'heurte alors quelque chose, ou plutôt quelqu'un devant moi. Une robe valse dans les airs, accompagnée d'un petit cri étouffé. Je me rends tout de suite compte qu'il s'agit d'une jeune femme qui était penchée, possiblement pour ramasser sa bourse au sol. Je me précipite à ses côtés et l'aide à se relever en me confondant en « sorry miss, sorry miss ». Une vague parfumée aux effluves de lavande envahie mes narines au même moment, me faisant frissonner de joie.

Une fois sur ses pieds, ses sourcils renfrognés et la moue de ses lèvres se transforment en un sourire resplendissant. Un petit rire timide accompagne l'éclat provenant de l'iris couleur noisette de cette belle demoiselle. Elle replace délicatement une de ses nombreuses boucles de cheveux caramel et plonge son regard dans le mien en prononçant doucement un « no problem sir... Bienvenue à Malartic! ». Elle délaisse ensuite ma main et rejoint ses accompagnatrices qui se mettent toutes à rire discrètement, se cachant la bouche de leurs mains tout en chuchotant. Ça y est, je suis maintenant convaincu que je vais adorer cet endroit!

v. LES FLAMMES (Płomienie)

Une lueur grisâtre attire l'attention de mes pupilles au travers de mes paupières et les fait soudainement se dilater. J'ai à peine assez d'énergie pour ouvrir les yeux. J'y parviens partiellement. Je distingue alors les pattes métalliques de la table meublant le centre de mon camp. Quelques clignements plus tard, je reconnais le lit superposé adossé au mur situé à droite de l'entrée. Je distingue aussi un ciel couleur marine au-travers des fenêtres de la façade donnant sur le lac. Je suis bien dans ma cabane et surtout, je respire. Je ne sais pas depuis combien de temps je suis étendu sur le tapis devançant la porte d'entrée, mais je suis vivant.

Mes pensées s'organisent petit à petit dans mon cerveau ralenti et possiblement gelé. Des mots y résonnent à répétition: « chaleur » et « feu ». Bien que le vent soit absent à l'intérieur, la température ne doit pas atteindre les cinq degrés Celsius. Une couverture tombante sur le lit jumeau du bas attire mon attention. Je dois l'atteindre pour me couvrir et espérer me réchauffer. Je tente alors de me relever, mais le tonus de mes bras me lâche alors que je suis presqu'assis. Je retombe donc comme une guenille. Bon, ça ne sera pas si simple que ça.

Utilisant la technique de l'asticot, je me tortille sur le ventre, parcourant ainsi quelques pieds jusqu'au bas de la couchette. Je tire ensuite sur le couvre-lit laineux et m'y enroule. Je demeure ainsi un long moment, savourant le retour du sang chaud dans mes extrémités. Bien que le picotement causé par cette sensation ne soit pas agréable, il est le signe que la vie m'habite toujours.

Tandis que je retrouve tranquillement la vue et que ma respiration se régularise, le poêle à bois situé près des fenêtres m'interpelle. Je dois absolument y allumer un feu. Malgré le fait que le soleil commence à s'enflammer derrière les montagnes, la chaleur de ses rayons ne sera pas perceptible avant plusieurs heures.

C'est en marchant à quatre pattes que je me rapproche de la « truie » en fonte. Puisque mes doigts peuvent de nouveau bouger, je les utilise pour ouvrir la devanture. Une immense joie m'envahit alors. Comme le veut la tradition, le dernier qui a quitté les lieux a pris soin de remettre des boules de papier journal et des éclisses de bois sec dans le foyer pour les prochains visiteurs. Cette habitude n'aura jamais eu autant d'utilité qu'aujourd'hui. Je saisis ensuite un petit paquet d'allumettes en carton à l'effigie du Château Malartic. Un sourire se dessine alors sur le coin de mes lèvres, le premier depuis plusieurs heures.

Dû aux tremblements de mes mains, toujours affectées par l'hypothermie, j'ai énormément de difficulté à craquer les allume-feu. Suite à ma cinquième tentative, j'entends un craquement qui est suivi simultanément d'une flamme qui prend vie du phosphore rouge composant l'extrémité de l'allumette. Ne prenant aucune chance, j'enflamme le paquet au complet et le dépose sous les pièces de bois et le papier. Ceux-ci brulent tranquillement, créant un petit flambeau jaune et bleuté avec des touches de vert. La fumée se fraie un chemin vers l'antre de la cheminée. Je souffle légèrement sur le feu naissant, l'alimentant en oxygène. Il se répand sur l'ensemble des feuilles et chatouille les bouts de bois. Lorsque des crépitements se font enfin entendre, tout mon corps se relâche, comme si une tonne de pression me quittait d'un seul coup. J'approche alors instinctivement mes mains en direction du brasier pour me réchauffer.

Puisque les bûches se trouvant dans le camp sont très sèches, elles brulent rapidement. Je les enfile alors dans le foyer les unes après les autres. La chaleur monte promptement, à un point tel que le métal de la cheminé rougeoie sous la chaleur. Mon corps ne grelotte plus. Je peux maintenant sentir tous mes membres, même qu'une goutte de sueur se fraie un chemin de mon front à ma joue en contournant mon sourcil. Je savoure cette chaude température et observe le bois flamber devant mes yeux. Les flammes entourant les éclisses de bois bougent lascivement autours de celles-ci et m'envoutent de leurs mouvements. Je suis incapable de les quitter des yeux. Tel un charmeur de serpent, elles font valser mes pupilles au gré de leurs ondulations. Je me sens quitter la réalité et m'enfoncer dans mes pensées, plus précisément dans des souvenirs de ma vie passée, ceux que j'ai enfouis au plus profond de moi-même depuis mon arrivée au pays.

Mes réflexions me conduisent ensuite sur ce qui vient de se dérouler cette nuit. J'ai clairement passé à deux doigts de la mort. J'ai pourtant bravé celle-ci à de nombreuses reprises au cours de ma vie, mais cette fois-ci, j'ai vraiment eu peur. Des affrontements contre des Russes, contre des Allemands et contre des rebelles ne sont pas venus à bout de moi. J'ai aussi survécu à la maladie. Mais cette fois, c'est contre moi-même que j'ai failli flancher. C'est ma témérité qui aurait pu me faire périr.

Observant toujours le feu dansant, je me dis qu'il est temps de transmettre le récit de ma vie à mes proches avant qu'il ne soit trop tard. Ma mésaventure nocturne ainsi que le faucon mort retrouvé sur le palier du camp sont des signes clairs que je dois révéler à ma famille, ma vraie histoire. Je me résous aussi à rendre hommage à ce rapace. Je vais l'empailler et lui redonner toute la splendeur et la gloire qu'il mérite. Après tout, il est l'image même de la Pologne, symbole prestigieux de l'armoirie du Pays.

Je vais alors chercher l'oiseau afin de l'emballer convenablement. Je ne me souviens pas exactement de l'endroit où je l'ai déposé, mais il me semble bien qu'il était dans le camp, ce qui n'est pas le cas. Je me vêtis donc et vais vérifier à l'extérieur. La clarté du jour est maintenant présente, facilitant mes recherches. Je regarde sur les galeries, sur la corde de bois, dans la « shed » et même dans la « bécosse ». Aucune trace. Je fouille ensuite les arbustes et les herbes longues. Je ne le trouve pas. C'est embêtant. Je n'y ai tout de même pas rêvé?

Je découvre alors une plume argentée reposant à mes pieds. Ça me rassure, je ne divague donc pas. Je la récupère et la prends dans mes mains. Je la caresse du bout des doigts, observant les nombreuses teintes grisâtres de ses lames. Au même moment, un cri strident en provenance des nuages attire mon attention. Je lève la tête et plisse les yeux sous la force de la clarté. C'est alors que je la vois. Une ombre ailée patrouillant les cieux et planant en décrivant des cercles dans les airs. Une seconde clameur confirme mes doutes. Il s'agit bien de lui. C'est le faucon qui me salue une dernière fois avant de poursuivre son vol vers l'ouest, en direction de la liberté.

ÉPILOGUE

Mon grand-père s'est rapidement adapté à sa nouvelle vie. Trois jours après son arrivée à Malartic, il a été embauché comme mineur à la Canadien Malartic Mine où il a travaillé pendant un peu plus de dix ans avant de se reconvertir à la plomberie.

En 1953, il a épousé cette belle brunette rencontrée sur le perron du Château Malartic. De leur union sont nés cinq beaux enfants qui ont permis d'accroitre les rangs de la communauté Malarticoise. Ceux-ci eurent aussi de nombreux enfants, dont l'auteur de ses lignes.

Mon aïeul a patienté jusqu'au début de l'été de l'année 1958 avant de pouvoir enfin obtenir sa citoyenneté canadienne. C'était la veille de la St-Jean-Baptiste. Le défilé dans les rues de la ville au lendemain de cette étape importante avait alors une nouvelle signification pour lui. Il fêtait désormais dans un pays qui était maintenant le sien.

Il est bien sûr retourné à quelques reprises dans sa Pologne natale pour rendre visite à sa famille, mais son coeur appartenait désormais à l'Abitibi où il a enfin trouvé son véritable chez-soi. Ayant vécu dans une maison modeste toute sa vie, il a tôt compris que la vraie richesse ne réside pas dans les choses qu'on possède, mais qu'elle se retrouve plutôt dans toutes les possibilités qui s'offrent à nous.

Pour mon grand-père, cette richesse est La Liberté et il a su transmettre cette valeur à ces enfants et petits-enfants.

Trajet parcouru lors du périple de Jakub Dabrowski :

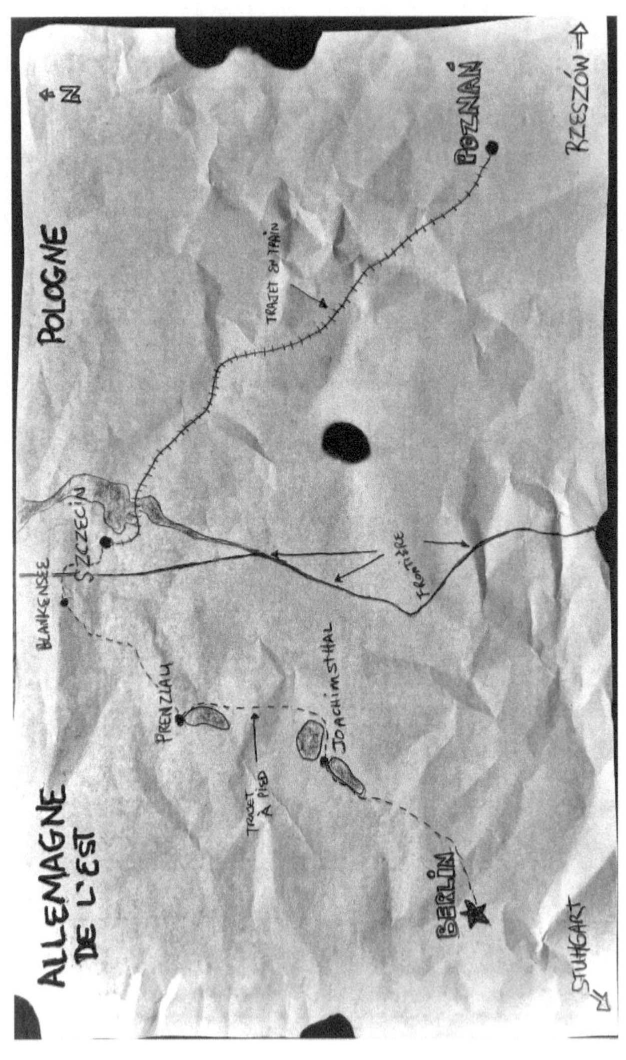

9 782982 075603